제6회 문동폭포길 거제예술축제

100인 사화집

달빛에
감전되다

제6회 문동폭포길 거제예술축제
100인 사화집

달빛에 감전되다

주명옥 외

거제의 역사,
미래와 거제의 문화

주 명 옥(시인, 거농문화예술원 원장)

올 여름에도 어김없이 고향 거제에서 예술인들의 잔치가 열립니다. 2014년 처음 시작할 때는 이렇게 오래 갈 것이라곤 생각하지 못했습니다. 그러나 참여해주시는 작가들의 열정으로 해마다 예술제는 확장이 되어 예술인들의 장르도 다양해졌습니다. 때문에 거제시의 관할행정기관에서도 높은 관심으로 동참하고 있습니다.

고향이란 인간의 생명이 다하는 날까지 변하지 않은 향수입니다. 저 깊은 심연의 바닥에 웅크리고 있는 고향에 대한 그리움으로 시작된 이 행사를 고향 거제에서 펼칠 수 있다는 것만으로도 제겐 너무나 큰 기쁨입니다.

더구나 거제도는 천혜의 관광명소입니다. 또 한편으로는 대한민국 역사에서 빼놓을 수 없는 역사의 현장이 존재하는 곳입니다. 포로수용소가 민족상잔이 낳은 역사의 현장이라면 대우, 삼성중공업은 우리나라의 중흥을 이끈 주력사업이자 미래산업이기도 합니다. 그만큼 거제는 단순한 남해안의 섬으로만 여길 수 없는 국가관이 형성된 지역입니다.

 한마디로 미래산업과 관광이 잘 어우러진 아주 매력적인 곳이라고 할 수 있습니다.

 이 곳 거제문화예술제가 열리게 될 문동폭포는 산골짜기에 위치한 거제의 유일한 폭포로서 주변의 울창한 숲들로 인해 "거제의 힐링 1번지"가 되고 있습니다.

 문동폭포 거제문화예술제는 이제 제가 주최하는 행사라기보다는 거제 시민들의 행사가 되었습니다. 모두가 참여하고 즐기는 축제. 피서지에서 즐기는 축제로서의 행사이기에 더욱 뜻 깊은 축제 한마당이 될 것입니다.

 그리고 올해의 시화전에도 새로운 시인들이 좋은 작품으로 많이 동참해주셨습니다. 특히 전국적인 시인들의 참여도가 대단하여 마감 10일 이전에 정원수가 넘쳐나서 이번에도 처음 시작할 때의 "전국 100인 시인 시화전"이 무색해졌습니다.

 모든 예술은 일맥상통한다고 하였습니다. 전국에서 열정적으로 동참해주신 예술가들의 미래지향적 역할에 감사드리며, 시인 여러분께도 다시 한 번 감사드립니다.

문동폭포길
거제문화예술제의 향기

최 영 구 (부산광역시문인협회 회장)

문화와 예술은 우리 내면을 성숙하게 할 뿐만 아니라, 인간성을 북돋는 에너지 역할을 하기도 합니다. 그런 의미에서 문동폭포길 거제문화예술제는 주변 모든 이에게 문화와 예술의 청량제라 할 것입니다.

올해 여섯 번째로 개최되는 문동폭포길 거제문화예술제는 지역사회는 물론 문화와 예술에 관심이 많은 이들에게 큰 위안이 될 것입니다.

먼저 여러 어려운 여건에도 불구하고 행사를 마련해 주신 거제 거농문화예술원 주명옥 원장님과 행사추진위원장 주순보 시인께 감사의 말씀을 드립니다. 아울러 행사에 함께해 주신 여러분께도 감사의 말씀을 드립니다.

올 4월 문우들과 함께 문동폭포를 찾은 일이 있습니다. 아름다운 산길을 걸으며 길과 산이 어우러진 모습이 너무 아름답고 조화로와 인상적이었습니다. 금상첨화라고나 할까요. 산 비알 여기저기 바위에 새겨진 시들이 있어 더욱 문동폭포길이 돋보였습니다.

현대를 일러 흔히 모든 대상을 자원으로만 여기는, 인간적 가치보다 물질적 풍요를 우선하는 시대라 말합니다. 결과 인간이 소외된 시대라고 말합니다. 그리고 그런 사고들이 빚어낸 가짜 권위와 명예 그리고 가짜 선 곧 위선이 판치는 가치관에 우리가 매료되어 있지는 않는지 한 번쯤 되돌아볼 일입니다.

그런 그릇된 가치관에서 우리를 자성하게 해주는 것이 예술과 문화입니다. 내면적 감성에서 빚어낸 문화와 예술은 가장 인간적인 가치를 실현해 낼 뿐만 아니라 모든 예술은 직관과 상상력에 의한 가장 인간적 언어, 우주적 언어, 자연적 언어로 빚어낸 풍경이기 때문입니다.

우리는 현대적 실존 조건에 시달려 육체와 정신에 많은 상처를 입고 살아가고 있습니다. 우리의 실존적 상처를 치유해 줄 수 있는 또 하나가 문화와 예술입니다. 문화와 예술은 인간의 혼과 정신이 빚어낸 것으로, 우리에게 정신을 정화하는 에너지를 주기 때문입니다. 한 편의 시, 감동적 선율로 어우러진 음악, 그림과 조각의 심미성이 그걸 말해줍니다

그런 의미에서 문동폭포길 거제문화예술제는 우리에게 참값진 문화행사라 할 것입니다. 또한 문동폭포길 거제문화예술제는 참가한 이들에게 영혼의 긴 울림이 되어 지역사회와 우리를 정화해 줄 것이라 확신합니다.

달빛에 감전되다

제2부

● 꽃으로 다시 피는 당신

제3부

● 담장 너머로 커 가는 그리움

제6회 문동폭포길 거제예술축제

100인 사화집

제1부

●

뫼
비
우
스
의
길

지심도 동백의 눈물

그리움을 머금고
처연하게 핀 꽃일수록

어깨를 많이 들썩거리고
눈가가 붉고 다크서클이 깊다

눈물로도 용해시키지 못한
지심도 동백의 눈물

꽃잎마다 울컥 울컥 물든
붉은 그리움

끝내 툭 툭 떨어져버린
첫사랑의 지문.

강달수
1997년 《심상》 등단. 부산시인협회 부이사장.
시집 「달 항아리의 푸른 눈동자」 외 2권.

베드윈족의 시간

정월 초하루가 없다
섣달 그믐밤도 없다
볼 붉은 소녀의 연분홍 꽃핀도
늦은 시간 터미널 지하 목탁소리도 모래바람일 뿐

눈물이 그립다 그리워 뒤돌아보니
희망의 떡잎은 늘 그 아픈 자리에서 솟았건만
이곳은 적막강산
슬픈 모가지도 없다

올려본 밤하늘 시린 별들만 쏟아진다
손바닥 가득 고이는 별
모래 꽃으로 피고 있다
사막 위에 비늘이 고운 뱀 한 마리 기어간다

강정이

경남 삼천포 출생. 2004년 《애지》로 등단. 시집 『꽃똥』, 『난장이 꽃』. 수필집 『달을 찾아
나서다』, 『다가가다』

낙엽일기 3

떨어지는 것들은

정겹게 수북이 쌓여

길바닥에 따스한 이불을 편다

그 위를 걸어가는 발걸음

하늘로 떠오르며

무성했던 여름날을 되새긴다

언젠가는 모두 떠나가야 할

적막한 행선지를 바라보며

잠시 머뭇거렸다 떠나가는 만상의

허망한 꿈을 생각한다

가야할 여로는 아득하고

다시 돌아설 수 없는 골목

떨어져 흩날리는 것들의

호젓한 뒷모습을 우러러

장엄한 한 생애의 길을

다소곳이 옷섶 여미며 주춤거린다

다만 가야 할 머나먼 길은

불꽃에 쌓여 있다

고승호

《시와 수필》 등단. 새부산시인협회 이사 및 편집장. 부산문인협회 이사. 사하문인협회 감사. 을숙도문학상 우수상. 시집 『낙엽일기』 외 1권.

개망초꽃

옷고름 여미는 당신

떼과부처럼 가난한

하찮은 목숨도 몸은 뜨거워

떠돌이 바람 앞에 쉽게 무너진다

귀부인처럼 우아한 자태는

꿈 넘어 꿈

촌스러운 그 이름 어쩌나

마냥 서러운 박색한 여인처럼

표정 지운 얼굴들

보다 못한 노을이 안타까워

붉은 융단 슬며시 풀어 목덜미 휘감자

신부처럼 곱다

청하지 않은 나비 떼 몇 마리

어울렁 더울렁

어, 이게 아닌데

고안나

2010년 《부산시인》, 《시에》 등단. 중국 도라지 해외문학상, 경기문창문학상 등 수상.
시집 『양파의 눈물』 시낭송집(cd) 「추억으로 가는 길」

뫼비우스의 길

길은 어딘가에 끝이 있겠지만
그리움은 끝을 보여주지 않는다
잿빛 구름 낮게 깔린 날이거나
더러는 명주실 같은 비가 내리거나
삼대줄기처럼 비가 쏟아지거나
늦가을 풀머리처럼 길은 눕는다
길은 그리움이다 그래서
살아 있다는 것은 걷는 일이다 드디어
사랑이란 자기가 없어져야 하듯
걷는 자는 없어지고 길만 남는다
길마다 새겨 놓는 그리움
슬픈 운명의 실로 꿰어진 염주처럼
길은 또 길을 만들고
숱한 밤 질척이며 돌고 돌아도
끝내 만날 수 없는 그대와 나
뫼비우스의 길

고혜량

《문학청춘》 수필, 《문장21》 시 등단. 고운최치원문학상, 월요문학작품상, 전국청마
시낭송대회 대상 수상. 거제문인협회 사무국장.

존재 1

그녀는
나에게 소중한 존재다

경상도 사투리로
말을 가르쳐 주었다
끝내 내 모국어가 되었다
평범하지만
정겨운 말이었다

노래를 불러 주었다
아름다운 시편을 읽으며
시를 가르쳐 주었다

그녀는
나에게 소중한 존재다

공기화

부산 출생. 2001년 《문학21》 수필, 2006년 《문학도시》 시 등단.
부산문인협회 이사, 부산수필문인협회 부회장, 부산남구문인협회 감사.
시집 「흔들리며 산다」, 수필집 「푸른 언덕이 보이는 남촌」 「뒷모습을 그리다」

봄꽃

봄이 왔다
날씨가 풀려서
봄이 왔다고 말하지 마라

내 마음이 풀려서
봄이 왔다

그렇다고
나를 봄이라고
섣불리 부르지도 마라

그냥
갓 피어난 예쁜 꽃이다

구본윤
영호남문인협회 부회장. 부산문인협회, 부산시인협회 회원. 글길문학 회장.
실상작가, 시가람낭송문학, 시사위예술회 회원. '풍경소리' '초록 별' 동인.

무제

후딱 가서 부엌에 불 지피라

부뚜막에서 시가 떨고 있다

나를 사랑한 게으름이 움직이기 시작했다

누군가의 냄비 받침이 되어 식탁에 자리하고 있을

새 시집을 건축 해야겠다

근육이 없는 황금돼지의 목을 뒤로 넘기며

토끼의 입술에 립스틱을 바르며

슬픔의 무게를 나의 저울에 올리고 싶지 않다

내면 슬픔을 사고 싶지 않다

시의 슬픈 면모가 보기 힘들어

슬픔의 자물쇠를 여는 비밀번호를 바다에 던져버렸다

언뜻 나는 전등 밑에 있으며

슬픔의 그림자 때문에 펜을 잡는 것이 두려워 진다

네가 건 낸 사랑의 힘으로 다시 불 지핀다

권명해(가은)

경남 창녕 출생. 2009년 《문예시대》 시 등단. 부산문인협회, 부산시인협회 이사, 영호
남문인협회 부회장 및 대담기자. 부산남구문인협회, 은가람문학회, 한국현대문학작가
연대, 한국문인협회 회원, 영호남문학상 수상. 시집 「콩깍지」

그리움 하나

가슴속 빈터에서
잡히지 않는 그리움에
서성이는 낮달
이내 저려오는 슬픔을
크게 한입 베어 물면
타박하게 목이 메이고
가슴은 신열로 붉게 물들어 버린다

사랑한다는 것은
향기도 빛깔도 짓이겨진
고통의 시간 속에서
스스로 가장 외로워지는 일

가을 햇살 등지고
소슬바람 지난 자리에
툭 하니
알싸한 그리움 하나 진다.

권미숙
2009년 《문예시대》 등단. 시낭송가. 한국문인협회 회원. 부산문인협회, 부산시인협
회 이사. 영호남문인협회 부회장, 부산남구문인협회 감사. 영호남문학작품상 수상.
시집 『우물 속에서 시집 보기』

지심도

마음 심心자 새겨 놓은 울창한 동백 숲에
관광객 맞이하는 뱃길을 열어 놓고
기꺼이 제 몸에 빛을 밝혀두는 지심도

수천의 꽃송이로 수만의 꽃송이로
타오르지 않고서는 꽃이 될 수 없다고
동백꽃 마음에 심어 뜨겁게 타오른 섬

희망이여 나무여 피어나는 정열이여
물빛 스민 창공에 바람의 음을 짚어
겨울 속 가슴을 채울 뜨거울 동백이여

*지심도: 경남 거제시 일운면에 딸린 섬

권영숙
2010년 《문학도시》 등단. 부산문인협회, 영호남문인협회 이사. 가산문학회 부회장.
문학중심작가회. 부산문학상 우수상. 시집 「향기를 품다」 「눈물겹도록 푸르다」

리자 부인*
− 거울

거울 속으로
길 찾아 나선다

눈썹을 그리다 말고
거울 속으로 끌려간다

고요한 듯 아득한 눈(目)의 우주

수풀은 언제 사라졌나
희미한 미소로 저물어 간다

거울 속 낯선 여자 저 여자
화장하던 여자를 외면한다

날마다 얼굴을 그리는 여자
펜 끝에서 수선화 피고 진다

저 여자 오늘
거울 밖으로 걸어 나간다

*모나리자는 '리자 부인'이란 뜻입니다

김 곳
2005년 《문학도시》 등단. 시집 「고래가 사는 집」, 「숲으로 가는 길」.
《부산시인》 편집장.

반쪽수박

대낮, G마트의 조명등 아래
단칼에 반쪽이 난 전라의 몸뚱이, 그것을 바라보다
고독이란 핏덩어리가 울컥 쏟아져 나오는 것인데
이곳은 무덤인가
무엇이든 용서하고 싶은 몸은 쓰라려
생의 한가운데 뒹굴고 있는데
범전동 삼각마찌(町) 골목길에 안치된 유곽에
쩍쩍 갈라지는 웃음을 네온 등불에 적시던 여인들
캄캄한 몸을 비집고 신열처럼 치미는 바람을 타고
바퀴는 굴러갔을 것인데
손가락이 값을 매기는 시간들
청중이 많을수록 네온 등불은 더 붉어져
까막눈 보다 더 까맣게 타들어 간
사리 같은 눈망울들이
몸 언저리에 점점이 박혀있네
코드를 뽑아내고 사흘 동안 냉장고에 갇힌
반 쪼가리 내 얼굴

김근희
서울출생. 2013년 계간 《발견》 신인상 등단. 한국작가회의, 부산시인협회 회원.
시집 『외투』.

김
달
현

인생은 들풀 같더라

세상을 향해
들풀들의 외침이 강하다

비바람에 넘어져도
오뚜기처럼 일어서고
땡볕에 시들어도
이슬에 목 축여
새 힘 받는다

밟히고 할퀴고 뜯겨도
말없이 인내하며
옹골찬 다짐으로
새로운 삶을 찾고
세대를 이어간다

내 삶의 흔적을 돌아보니
인생은 들풀 같더라

김달현
《문학 21》 시 등단. 부산문인협회 이사. 새부산시인협회 부회장.
부산남구문인협회 고문. 한국문인협회 회원.
오륙도문학상 대상 수상. 시집 「인생은 뜬 구름 같더라」 등 3권.

삶과 마늘

029
김
도
원

삶은 마늘이라는 문자가 왔다

삶이 마늘이라

가슴 한 구석이 아려온다

가파른 늦골 아린 기억은 별이 된다

그래, 삶이 마늘이지 하는데

'삶은 마늘이 항암효과가 세배'라는

꼬리별이 깜박 한다

아린 기억을 잘 추스르면

삶이 세배로 환해진다는 말인가

마늘 세 접이 낮달로 말갛게 떠 있다

삶은 마늘이든

삶이 마늘이든

생채기 진 아린 꽃잎 몇 조각은 품어야지

한바탕 쏟아져 내린 소나기

아릿한 하늘 떠올린다

마늘 같은 삶도 괜찮다, 괜찮다

사월 오월 유월

마른 생이 스쳐간다

김도원
본명 김영미. 거제도 일운 출생. 거제시청 근무. 2010년 《수필과 비평》 신인상.

곡우穀雨

나의 실수였다.

아내는 모든 허물을 몽땅 끌어안을 정도로 무난한 사람이라는 나의 믿음이 문제였다. 그 믿음이 나를 수렁으로 밀어 넣었다.

두 차례 유산. 공교롭게도 두 번의 유산일이 모두 4월 20일, 아내의 생일이자 곡우穀雨였다.

그때부터였다. 풍년을 약속하는 곡우의 비가 대지에 촉촉이 적시던 날이면 아내는 급격히 무너져 내렸다. 어느 여인, 여느 아내가 죄다 겪는 홍역이라 치부하면서도 나는 온갖 허물을 아내 탓으로 돌렸다. 아내는 내가 선택한 여인, 무난하고 무던한 신부 감이었으니까. 나의 무사 안일과 도피적 외면으로 그녀의 영육이 나를 멀리 멀리 떠나게 만들었다.

마침내 결단을 내려야했다. 방황과 아픔이라는 좌절을 겪은 연후, 다니던 직장을 정리하고 이곳 산자락에 터를 잡았다. 마음이 부르는 대로, 어렸을 적 막연한 꿈을 쫓아서 이곳에 정착했다. 오래도록 미뤄두었던 숙제를 마무리 하는 그런 심정으로….

나의 마음을 아는 듯, 산은 조용히 나를 품어주었다. 풋풋하던 신혼기, 아내의 품속과 같았다…….

— 소설 「곡우穀雨」 중에서

김동근(소설가)

《문장21》 등단. 장편소설 「노거수」, 「골프채를 든 원숭이」, 「모켓불 왈츠」
단편소설 「어느 몽상가의 곳간」, 「소년기의 끝자락에서 겪은 놀라운 경험」
고운 최치원 문학상 수상.

고양이

물가로 난
고요를 건너다
배만 불리다가

날마다 그리는 꿈
호랑이 닮으려
손과 발과 목숨을 늘어뜨려

온갖 재주를 부려도
빗나가는 몸부림
부질없는 놀림도 날카로운 시선들

공중으로 으스러져도
높이 날아올라라
날마다 꾸는 꿈

김무영
한국시인협회, 한국문인협회 회원. 거제문인협회 회장 역임. 시집 「그림자 戀書」, 「황칠」

그네

부슬비 내리는
인적 없는 공원에서
여인이
그네를 탄다

정든 사람
바람 속을 떠나가던 날
밤 새워 내린 짙은 안개비
지금은 어디쯤 가고 있을까

어린 딸의
늦은 귀가를 기다리며
여인 혼자 쓸쓸히
그네를 탄다

김문백
《현대시문학》 추천, 《창조문학》 등단. 〈현대시문학〉 작가회장 및 영호남지회장.
격월간 《생활문학》 편집장.

진달래 화전

마음이 먼저 앞산으로 달려간다

새 솔잎 한 뼘씩 더 얹은 산등성이 손금은
아까부터 푸른 소리를 내며
우수수 쏟아진 별빛보다 먼저 너를 들여다본다
오래 기다린 붉음을 온 천지에 내려놓고
꽁꽁 얼었던 속마음을 조심스레 한 장씩 펼쳐
세월을 굽는 산 넘어 또 산 넘는 너를 본다

저기 저 하늘자리 활짝 펼치고
앞산이 통째로 몸속에 들어와 앉는다
흔들리며 흔들리며 붉어진 것들이 맨가슴을 툭툭 친다
그래, 그래야 한다고
너를 만나 노릇노릇 알맞게 익어야 한다고
삶은 그렇게 뜨거운 꽃으로 다시 피어나는 일이라고.

김미순

1987년 《문학과 의식》 등단. 부산여류문인협회, 해운대문인협회 회장 역임. 부산시인
협회 부이사장, 한국현대시인협회 이사. 부산문학상 본상, 부산시인협회상 본상, 한국해
양문학상 우수상 수상. 시집 『바람, 침묵의 감각』, 『선인장가시, 그 붉은 꿈』 등 10권.

폭포수

소리꾼이네
소리꾼이네
낳을 때부터
소리꾼이네

천하에
이런 소리꾼이
어디에 또 있으련가

흰 구름이
소리에 취해
떠날 줄 모르네

김병래
전 KBS부산방송 아나운서부장. 시·수필 등단. 부산문인협회 회원.
시집 「내가 사랑하는 세 여인」 외 다수.

동백나무

빨간 두통이 왔다
크로스오브뮤직 볼륨을 높인다
그가 머리를 감싼다
창문의 넓이만큼 공기를 내 보내는 중이예요
쨍그랑
그가 조금 가벼워졌다
그에게 민소매 원피스를 입힌다
하얀 알약에 스푼 부딪치는 소리
솔솔 하얀 가루가 떨어진다
주문을 외운다
너는 사라질 것이다
붉은 너는 사라질 것이다
깨어있음도 깨어있지 않음도
안과 밖도
처음부터 존재하지 않았는지도
음악이 슬리퍼를 끌고 거실 문을 나선다

김뱅상
2017년 《사이펀》 제2회 신인상 등단. '사이펀의 시인들' 회원.

문동폭포 가는 길

여수 객선 타고
거제도 지나며
승포 내리는 분께 손
흔들었네

어른 되면 섬 구석구석
다 훑어야지

오늘은 문동폭포가
어디냐고
물었네

김상남
1972년 조선일보, 중앙일보 신춘문예 등단. 부산아동문학가협회 회장, 부산문인협회 부회장 역임. 남강문학회 명예회장. 부산남구문협 고문. 한국아동문학상, 한국문학창작상 외 다수 수상. 저서 『봄부터 걸린 고뿔』 외 다수.

雨水 지나가는 소리

양지바른 곳에서 새순이 온다
그걸 마중하느라 아지랑이가 너울거린다
분홍색 꽃 모자가 보인다
징검다리를 건너오는 발자국소리
소녀 걸음걸이는 스타카토로 건반을 친다

산머리에 걸리는
저녁놀빛 꽃망울 같은 날

강물에 뜨는 버들피리 소리에
봄은 또 치맛자락을 흔든다
잔설 녹아 흐르는 소리를 한다

빈 나뭇가지 끝에 걸린
구름 한 조각
푸른 세월을 엮는다

김새록

시인. 수필가. 계간 《부산가톨릭문학》 편집주간. 월간 《문학 도시》 편집위원. 부산문인
협회 홍보이사. 부산수필문인협회 부회장. 부산수비작가회 회장.
수필집 「변신의 유혹」. 현대수필가 100인 선집 「지구본을 굴리다」 외 1권. 시집 「당신
을 읽는다」 공저 다수. 부산문학상, 수필과비평문학상, 부산가톨릭문학상 등 수상

행복한 사람

좋은 이웃을 만난다는 것은

대단한 행운이고

아주 행복한 사람이다

즐거움 나누어 곱이 되어 돌아오고

괴롭고 슬픈 일 함께 하여

웃음꽃 피게 하는

눈부신 사랑

그런 이의 벗이 된다는 것은

참으로 복된 일이며

위대한 사람이다

들꽃처럼 가난한 이

그들과 더불어 오순도순 정답게 살아가는

좋은 친구가 된다는 것은

김석주
1986년 《시의 길》 1집으로 작품 활동 시작. 2017년 《부산시조》 신인상. 시집. 「조
선고추」, 「함성」, 「뿌리 찾기」, 시조집 「망부석」 등

뜨락에 핀 꽃

언제나 나의 삶속에
바위샘 같은 인동초가 되어
기꺼이 보람을 찾아 인내로
사랑을 나누리라

경솔하지 않는 마음 밭에
선한 꿈 일구며
믿음의 꽃 피우리라
강풍을 이겨낸 붉은 동백 송같이

세월의 긴 언저리마다
나의 작은 뜰 안에
수많은 백합으로 피어나겠지
아름답고 순전한 보습으로

김선례

전남 영암 출생. 2008년 《문학세계》 시. 《문학시대》 수필 등단. 부산시인협회, 해운대
문인협회 이사 역임. 한국문인협회 재정위원, 국제PEN한국본부, 부산문인협회 회원. 부
산호우문학 부회장. 부산시인협회상 우수상 수상. 시집 「한세상 살기」, 「인내와 용서」,
「별을 헤는 밤」

달빛에 감전되다

제6회 문동폭포길 거제예술축제

100인 사화집

제2부

●

꽃으로 다시 피는 당신

백목련

멀리서 보아도 저기
잔가지 하나까지 드러나는
정정한 봄이 보인다
차갑고 가냘프게
바람에 불리 우는 하얗고 순한 꽃
나 혼자 보기 너무 아쉬운
눈부신 백색의 꽃이여
만인의 눈을 매혹하며
허공을 이고 웃음 짓는 너를 보면
내 마음속 한 귀퉁이에도
파란 씨 톨 하나 눈을 떠서
한 번쯤 목매임으로 흐르려는 가
누가 어이 말리랴
너 거기 있고 나 여기 있어도
그 공허한 거리를 꽉 채웠으니
아 그 아름다움 끝은 어디 까지 인가

김성일
한국시인연대 부회장. 부산수필문학협회 이사. 시집 「은빛 진주의 슬픔」 외.

배고픈 손수레

043

김
순
여

해운대 중동 거리에
폐지 줍는 어르신 손수레에
오늘도 두 마리 강아지가
목줄 메어 따라 다닌다
흰털엔 먼지가 쌓였고
몸집도 야위어 초라하다
해는 서산에 걸터 있는데
리어카는 배가 고프다
강아지 숨소리만 가득 싣고
기어가는 허기진 바퀴

김순여
부산문인협회 이사. 그림나무 문학 이사. 글길문학 고문. 국보 회원. 국보문학 대상.
시집 「외딴섬」, 「식탁 위에 낙엽」

문동폭포

대금을 불어주게
한손으로 장단 맞추고 북채를 휘두르면
나는 시조창을 치겠네,
깊은 산이 울리도록, 크게

저 놈의 소리
태고 적부터 들려오는 저 소리
산산이 부서지며 절애絶崖에 부딪치는 자연의 소리
수림 사이로 멸치 떼같이 튀어 오르는 물보라에
세파에 찌든 때도 말끔히
씻겨가는 맑고 써늘한 소리

목청껏 부르겠네,
높은 산이 들썩이도록
저 놈의 소리
소용돌이치는 물살 위로 내리꽂히는
문동폭포의 우렁찬 소리
앞서도록 길게 시조창을 뽑겠네,
대금이 춤을 추면 북소리를 높이어 주게,

※거제 문화예술제에 참여하고

김시우
《문장21》 등단. 부산문인협회, 부산남구문인협회 회원.

결혼기념일

눈두덩이 부석하게 그리운 날

맛이 든 깍두기를 깨물며 TV를 켠다

저 혼자 벌러덩 누워

꼬리를 타닥대고 있는 미칠이

달도 없는 희미한 밤이 오고

열린 문틈으로 빨려드는 소음

사촌뿐인 고향으로 벌초 다녀온다며

함안 국도 밀리는 사이

경기도 광주 공원묘지에 계신

아버지 옆에 자꾸 새 묘가 들어서 허둥댄다

없던 불면이 일어선다

묻지 않아 연을 띄우거나 마침표를 찍지

않아도 되고 말줄임표는 아예 필요 없는

우리는 운율도 소문도 무시하고 잘 살았다

사십 년을 무심해준 그를 위해 고등어를 굽는 아침

김영옥

1993년 《문예사조》 등단. 부산여류시인협회 회장 역임. 부산시인협회 이사. 사하문인
협회, 알바트로스 시낭송문학회 부회장. 시집 『표정』 외 3권.

엄마의 봄

모진 찬바람
옭여 메인 몸 푸는 라이락
엊그제 같던 모습 지우고

봄빛 속에
진보라 꽃봉오리 향기 물들어
내 마음의 표지를 띄우네

언제 이런 날 올 줄 알았냐면
함박웃음 지으시던 어머니의 봄날 같던
향기로운 옷자락이 그리운 날

봄은
나에게
내 생애 첫사랑을 만나게 해준다

김예순
《시와수필》 등단. 영호남문인협회 부회장, 부산문인협회, 오륙도문인협회 회원.

고향역 스케르초

다시 만나는 고향역 대합실은 기적소리를 울리며
상행성 하행선 기차가 현악기의 화음처럼 서로 반긴다
그 시절 추억을 알레그로 빠르기로 맞추고
멈춰버린 시간의 1악장을 반복하여 연주한다
낯익은 플랫폼에 행복한 짐을 나그네가 내려놓는다
쓸쓸한 대합실에서 떠나보내고 기다렸던
인생 2악장 라르고의 비망록과
고향역 플랫폼 철길에 맺힌 애틋한 연분을
우리는 지금도 그것을 추억이라고 부른다
알고 보면 사랑이라는 이름의 장소에서 꿈꾸던
특별한 인연 이였을지도 모른다
흐린 열차 차창에 얼굴을 기대는 여행자들은
다음 귀향을 기약하며 행복을 품고 자장가를 노래한다
밤은 깊어 천천히 떠나가는 밤기차의 불빛은
3악장 스케르초가 끝나고 이어지는 서울을 비춘다
교향곡 4악장의 화려한 피날레를 향하여.

김옥균
1955년 부산출생. MBC 부산문화방송PD 역임. 1990년 《시문학》 등단. 새부산시인협
회 회원. 시집 『포이트리 에스프레소, 음악이 흐르는 시집』 외 7권. 현재 클래식음악해
설가, 시노래 가수, 부산알바트로스 시낭송문학협회 회장.

낮잠(午睡)

눈꺼풀 무거워지면
낮잠이 찾아온다.

간밤에 못다 이룬 눈썹의 사랑.

꾸벅꾸벅 방아질 하고
끔벅끔벅 소경이 된다.

입가에 도랑 만들어
침방울 낙수 되어 흘러내리면
깜짝 놀란 눈꺼풀
빨간 토끼 눈 된다.

김용빈(黙泉)
소설가. 부산남구문인협회 부회장. 글밭문학 회장.

나무를 본다

여름 내내 무성했던 잎새로

그 싱싱한 열매도

가을바람이 불면

때를 알아 떨어버릴 채비를 하는

나무를 본다

그리고 겨울이 오면 사람들은

내복이랑 외투를 입는 버릇이지만

아무런 미련 없이

홀가분한 나신으로

그 가지 달빛을 메우곤

부는 바람에 방하放下의 설법을 하는 나무를 본다

그리하여 또 봄을 맞아

파릇파릇 또 잎새를 다는 나무를 본다

사람도 세상도

나무의 해탈 법을 알아

입은 옷도 마음대로 벗을 줄 알고

앉은 자리에서 일어설 줄도 알아

겨울이 오면 흰 눈을 즐기다

다시 봄을 맞을 줄 알자

김용태(법산)
1966년 『피안에의 엽서』 출간으로 시단 등단. 1975년 《현대시학》 평론 데뷔. 부산문인협회, 불교문인협회 회장 역임. 한국현대시인협회 고문 역임. 사)화쟁문화포럼 이사장. 신라대학교 총장 역임. 2016년 시집 『如如하게 걸어가며』 등 7권. 평론집 4권. 논저 『한국 현대시의 불교문학적 연구』 외 저서 다수.

050
—
김
원
용

날아다니는 포옹

머리부터 꼬리까지 불타고 있는

고추잠자리 두 마리가

하늘 말간 대낮

서로 포옹한 날개로 온천천을 거슬러 오고 있다

무게를 견디는 힘은 어디에서 오는지

지하철 전동차 울림쯤이야

자잘자잘 흐르는 물소리쯤이야

사람들 눈치쯤이야

빨갛게 물든 하늘 아래 춤추고 있다

연분홍 코스모스 꽃잎에 한 우주로 걸터앉는다

소슬바람에 안겨 그네를 타는

저 포옹의 무게는

김원용(愛林)
2009년 《文藝春秋》. 한국문인협회, 부산문인협회, 새부산시인협회, 부산가톨릭문
인협회 회원. 시집 『크산티페(Xanthippe)』외 2권.

한통속

051
김
윤
수

종일 당신 속에 갇혀 지내니
나는 온전한 내가 아니네
봄 여름 가을 겨울 당신 생각뿐이니
나는 참 내가 아니네

그러다가
느닷없이

방울뱀 지나가듯 소름 돋는 시어들을
씨줄과 날줄로 엮을 때는
온몸 메치는 전율로 숨이 막혀 올 때는
당신과 나 한통속이네

당신이 나이고 내가 당신인

온전한 내가 아니어도 좋으니
내 안에서 당신
폭우 속 매어놓은 목선처럼 출렁거려 주어요
부딪혀 절규하는 성난 파도가 되어 주어요.

김윤수
《문장21》 등단. 부산문인협회 회원. 소로문학골, 새글터 동인.

어성초 꽃

담장 넘어
오 촉 등불 하나 둘 켜지듯
비파 노랗게 익어 가면
바다 공주 영혼으로
피었다는 전설 꽃이
뒤뜰 돌담 사이
당신의 손길로 함초롬이 피었었지
하얀 마음이 한데 모여
촛불처럼 어둑한 곳을 밝히고
푸른 무대 위에서
발레 하듯 단아한 모습을 보니
아려오는 마음 달래보며
비릿한 바다 향과
진한 그리움으로 버무린
그윽한 꽃잎 차
찻잔에 띄어 본다
꽃으로 다시 피는 당신

김재선
거제 하청 출신. 시집 「초록 이파리 너울 속」

불국새 울면

할머니는 언제나 뻐꾹새를
불꾹새라 불렀다
불꾹 불꾹 울음 토한다고
그리 불렀다
흰 모시 적삼 숯불에 다리면서
바늘코로 앞섶을 당기셨다
이 산에 가도 불꾹
저 산에 가도 불꾹
노래 흥얼거리며 눈물 삼키셨다
막내아들 잃고는
불꾹새 노래도 잦아진다 했더니
대울타리 너머로
눈물 흘리는 도수가
몰래 눈물 삼키는 횟수가
늘어난다는 걸 몰랐다
분홍색 장미 가지가 무성해지는 건
알았으면서도
대울타리 넘는 할머니의 긴 기다림을
어찌 철모르고 살았던고

김정자

부산대 명예교수. 1990년 《월간문학》 평론 등단. 2012년 《창조문학》 시 등단.
부산시문화상 수상 외 다수 수상. 저서 『한국근대소설의 문체론적 연구』 등 10권.
시집 『모짜르트를 들을 수 없는 날들』 등 6권.

무논

하늘이

산이

유월의 무논에 엎어졌다

논물이 익는다

논둑 가 금계국의 웃음이 노랗다

잉태는 거룩하다

김정자
부산문인협회, 부산진구문인협회, 부산수필문인협회, 청술레 회원.
부산수필문인협회 작품상 수상. 수필집 2권 출간.

할미꽃

055

김
종
모

꽃샘잎샘 설늙은이
옷깃을 여미고
이른 봄볕 옹기종기
둘러 앉아 해바라기 하네

족두리 가마 타고
훤칠한 낭군 품속 안겨보고
엉금엉금 기며 뙈기밭 농사짓고
노심초사 마음 고생시킨 노름장이 서방님
이런저런 일 소곤소곤
웃다 울다 이야기꽃 피우네

장날 한 잔 걸쳐 흥얼흥얼 부르는 바깥 영감
간고등어 한 손 사들고 언제 오실까
지팡이 짚고 언덕 위 서서
재 넘어 동구 밖 눈 떼지 못하네

김종모
계간 《시와수필》 등단. 시를 짓고 듣는 사람들의 모임 부회장. 황령문학회 동인.
독도사랑 시 응모전 대상 수상 외. 시집 「그리운 어머니, 눈물이 거름되어 꽃이 핍니다」

개밥그릇 2

얼마나 치열하게 핥았으면
그늘진 음지에서도 빈 개밥그릇
눈부시게 빛이 나는 가

사람아 마음 비웠다는 말
함부로 할 것이 아니다

저 개밥그릇 정도는 되어야
온 우주를 퍼 담을 수 있다

김종원
《창조문학》 등단. 한국문인협회, 경남문인협회, 경남시인협회, 거제문인협회 회원.
시집 『연』, 『지심도 동백꽃』, 『개밥그릇』

노인 되기 힘들어

옛날도 아닌 내 어릴 적 육십만 되어도 노인이었지
동네 사람 다 불러 돼지 잡고 떡메 치고 흥성였는데
이제는 환갑 진갑 다 지내도 노인이 아니랜다
육십오 세면 빠진 이도 해 넣고
경로우대 석에 떡하니 앉을 수 있겠거니 했는데
이제 와서 칠십 세로 올린다며 눈들을 부라린다
올릴 테면 올리라지 맘이라도 평생 젊은이로 살면 좀 좋으랴
오늘 대법원이 육십 다섯까지 육체노동 하라니
이러다 경로당 한 번 못 가보고 마는 것은 아닐까
구십구 세 시어머니에 회갑도 안 된 아내는
이러다 영영 노인 되기 틀려먹은 건 아닐까
맨날 쉰다섯인 줄 착각한다는 '55년생 김 시인이
진갑 선물로 분양해준 송정 앞바다는 잘 있을까
모롱이 돌 때마다 나타나던 거제 바다 다섯 접시
윤슬 하얗게 반짝이며 도로 무를 기세다
어버이날 선물도 못 받는 겨우 육십오 세 그것도 나이냐며
바알가니 비쭈기나무 겨울눈이 비쭉거린다

김종화
자생식물연구가. 《釜山文學》 주간. 남촌문학관장.
시집 『흰 금낭화 같은 그대』, 『田園』

물방울, 꽃 피다

적설積雪의 무게에
겨울은 침몰하고
동면에서 깨어난 봄비
대지를 다독이며
예언의 싹을 틔운다

너와 나의 오솔길에
소슬바람 불어오고
흩날리는 꽃비는
갈수록 저려오는 그리움 적신다

봄비의 리듬, 물방울
비와 바람의 젖은 언어로
꽃 피우지만

사랑의 물방울은
하나의 꽃으로 핀다

김지수
부산출생. 부산문인협회 이사. 부산가톨릭문인협회, 부산시인협회,
부산여류문인협회 회원. 시집 「기억 속으로」

경강역

폐역이 되어버린 경춘선 선로
끊임없이 펼쳐진 그리움
왠지 모르게 다시 와줄 것만 같은 열차
코스모스는 수줍게 춤을 춘다

"나 여기 왔다 감" 이란 낙서를 보자
그 때의 감동 잊혀지지 않는다

"미래는 자신의 꿈이 아름다울 것이라고
믿는 사람들의 것이다"라는 말처럼
자신감을 가지라는 고등학교 국어선생님의 편지
정으로 주신 선물 시집 한 권
내 마음 속 굳건히 자리 잡았다

동해로 문예반 졸업여행 가는 길
잠시 들렀었던 추억의 간이역
기회는 그렇게 잠시 왔다 가는 것
시인이 되어 다시 찾는 이 곳
작은 휴게실 하나 생겨나 있었다.

김진아
《한맥문학》 시 등단. 시를 짓고 듣는 사람들의 모임 이사. 시집 『서른일곱 송이의 장미』
제18회 독도환경보존 및 독도문화예술제 전국대회 최우수상

커피를 마시며

아침이면
책상 위에 어김없이 놓이는
한 잔의 커피
그 잔속에
에티오피아 여인의 색깔을 한
아내의 모습이 방그레 떠있다.

지난날
처음 마셔본 커피는
엉겁결에 맞춰본 첫 키스의 맛이었던가…
이제 익숙해진 그 맛은
아내의 투박해진 손등처럼
하루라도 마시지 않으면 외롭다.

모락모락 아내의 정성이 피어오른다
한 모금 마셔본다
가슴이 따끈하다
행복이 향긋하다.

김충남
경남 양산출생. 문예사조시인협회, 부산시인협회 회원. 계간 《부산시인》 편집부 사진기자. 카메라 아티스트.

그리움에도 나이가 있다

나이만큼
그리움이 쌓여 간다

떨어지는
빗방울 속에도
애틋한 사랑이 녹아 있다

내 사랑하는
내가 그리도 사랑했던
그 사람도
내가 그리움의 나이를 먹은 만큼
그리움의 나이테를 끌어안고 있을까

바람의 소맷자락에
내 소식을 넣어 전해본다

김하열(아호 _ 하운霞雲)
2009년 《창작과 의식》 등단. 부산불교문인협회 이사.
영남문인회, 문학저널문인회, 연제문협 회원. 을숙도 동인. 시집 『이 뭣꼬』

맹종죽

칠천도에 가면 맹종죽 숲이 있지
길쭉하고 뾰족하고 마른 것이
온기라고는 없을 것 같은 것이
숲에 들어서면 상큼한 향기가 온몸을 감싸 안고
바람에 부딪힌 대나무 소리는 신비롭기까지 하다
봄이면 우후죽순으로 올라오는 대나무
몸통을 잘라 수액을 채취 한다네
깊은 땅속에서 끌어올린 수액은
어두운 수관을 통과
세상 밖으로 나오는데
달착하고 미적지근한 것이
아직 세상 때 묻지 않은 미지의 맛이라
먹어도 먹지 않아도 그만 일 것 같은,
숲으로 소나기 지나가고
또다시 햇살이 뜨거워지고
세상일들이 도돌이표처럼 몇 천 번을 돌고 난 뒤
한번쯤 마셔 볼만한 맹종죽 수액
맹종죽 숲에 대나무 꽃이 피면 그때 일까

김해경
부산출생. 2004년 《시의 나라》 등단. 시집 『먼 나무가 있는 곡각지 정류장』 외.
부산시인협회 사무국장.

고무줄놀이

아가야 아가야
봇자리 패러가자
아빠가 가신 뒤라
목 백합 떨어질라

아가야 아가야
산등성이 패러가자
엄마가 가신 뒤라
황국화 잎새 질라

김형덕
부산출생. 문학박사. 번역가. 2011년 《문예운동》 등단. 한국문인협회 회원. 한국문학작
가연대 중앙위원. (주)tneplus 대표.

김
혜
영

멸치젓 익어가는 소리

가는 봄 움켜지고파 달려간
다랭이 마을에
지천으로 흐드러지게 핀 유채꽃

그리움이 노랗게 물들어간다

바람난 봄바람에
응봉산 암수바위의 사랑놀이
멍석을 펴는 한낮

어부 방조림에 몰려드는 멸치 떼
물건리 마을 항아리 속에
젓갈 익어가는 소리

곰삭은 세월을 달래준다

김혜영
《문예시대》 시. 수필 등단. 부산남구문인협회 회원. 문예시대 작가상 수상.
시집 『요나의 고래사냥 아직도 끝나지 않았다』 외 3권.

가을 폭포

문동폭포

아찔한 벼랑에
그려놓은 유화 한 폭
자꾸만 꿈틀되며 달아난다

여름 식히는
시원한 물줄기
오금이 오싹하다

작년, 여름 잔재를 태우던
가을산
온통 불바다가 되었지

그 불길 하도 뜨거워
하늘도 깜짝 놀라
파랗게 질렸지

김홍규
1998년 《해동문학》 신인상 등단. 부산시인협회 이사. 금정구문인협회 회장 역임.
부산문인협회, 부산시협상 우수상 외 다수. 시집 『날마다 바람이 되다』 외 3권.

달빛 에
감전 되다

제6회 문동폭포길 거제예술축제

100인 사화집

제3부

●

담장 너머로 커가는 그리움

돌 탑

쌓고 또 쌓으면서
내면의 키가 자란다

무너지면
또 쌓는 간절함으로
울화를 정화 시킨다

켜켜이 쌓아 올린 회한
삼백육십오일
인내로 다독이고

원뿔의
뾰족한 가시
한 마리 학이 되어
수줍게 날아오르는
꿈을 꾼다

나경심(多演)
경북 포항출생. 1992년 《문예사조》 등단. 새부산시인협회 부회장. 부산여성문학인
협회 회장. 부산문인협회 이사. 반짇고리문학회 회장 역임. 부산여성문학상. 부산시
인상 수상. 시집 『그사이 비가그쳤네』 외 3권.

넘치는 칭찬

노
아
량

육 남매 막내로 태어나
칭찬은 거짓이라는 느낌으로
언제나 맘대로 행동했던 나제주도 놀러 온어린 외손녀
칭찬기대 외면하자
울고 말았다.

사랑하는 딸의 섭섭해 하는 모습오늘도 아른거린다.

노아량
LH2n연구소장, 한국문인협회, 부산문인협회 회원. 문화와 문학타임 제주지회장.

그늘 속에서

바람이 다니는 길목에서
돌부리에 차여 넘어진 날
아버지는 나보다 더 아파했다

곳간에 넘쳐나는 사랑으로
바위틈에 자라는 해송을 닮은
향기를 심어주었다

아버지 그늘 속에서
가까운 이웃이 되어주는
섬세한 나이테를 만들고 있다

노정숙
2011년 《문학도시》 신인상. 시낭송가. 부산문인협회, 새부산시인협회 이사.
낙동강시낭송회 회장. 시집 「비꽃」 외 1권

풍경

목마르지 않은 풍경은 없다
부실한 처마널에 매달려
있어도 없는 듯 살아도
때로는 찰랑찰랑 노래하고 싶고
때로는 살랑살랑 춤도 추고 싶다
누른 만큼 키 크는 체념의 탑,
한 번도 목마른 적 없고
잠시도 기다려 본 적 없는
바람의 눈은
높아진 탑은커녕
엎드린 풀조차 보지 못한다
애간장이 다 녹도록 감질나지만
눈먼 바람이라도
그저, 기다리는 수밖에 없다.

류선희

부산시인협회 부이사장, 가톨릭문인협회 자문위원, 부산문인협회 이사. 부산문학상, 부
산시협상 가톨릭문학상, 문예시대작가상 수상. 시집 『사유의 향기』 등 10권.

거유무릉도원居有武陵桃源

매화나무 한 그루 심을 땅 한 평 없다

서러워했나요

그대 넓은 가슴 펼쳐보세요

만평 땅은 될 텐데요

섬진강물 불러다가 연못도 만들어요

그 위로 구름다리

그 곁에 정자 하나 세우세요

지리산 큰 소나무 은근 슬쩍 끌고와

정자 곁에 세워두고

누렁이 한 마리도 붙들어 맬까요

공작새 두 마리도 노닐게 해야지요

만평 땅 몽땅 복사꽃으로 피워봐요

누가 몽유도원이라 말하거든

시인 아무개라 문패를 붙여요

문인선

시낭송가. 문학평론가. 경성대 시창작낭송아카데미 주임교수.한국문인협회중앙위
원. 한다사문학회 회장. 부산문학 편집고문. 문학신문 편집위원. 전국낭송대회 심사
위원장. 시집 「날개 돋다」 외 다수. 동행문학상 외 다수.

인연

민
경
은

1.
인연은 스쳐 지나가는 바람이다.
바람같이 왔다가는 것이 인연이다.
인연의 길이는 아무도 모른다.
인연을 가꾸는 것은
바람을 안고 있는 것과 같다.

2.
가슴에 방풍막을 둘러쳤어도
틈만 있으면 달아나는 게 인연이다.
그럼에도 불구하고 모든 인연은 아름답다.
바람의 속삭임을 들으면
마음속에서 무언가 느끼게 된다.

3.
살다보면 바람을 보는 법을 알게 된다.
내 느낌을 믿고, 내 마음을 믿는 것이
중요하다.
같은 영화라도 누구와 보는가에 따라서
다르게 감상하게 된다.
같은 음식이라도 누구와 먹느냐에 따라서
음식 맛이 다르게 느껴진다.

민경은

찬불가 작사자. 2007년 《시와 수필》 시 등단. 2002년 삼보음악협회 작사자 등단. 부산문
인협회, 새부산시인협회, 한국불교문인협회, 화전문학회 회원. 시집 「유자향기」 발간.

봄날

가지마다 전할 말 있어
연둣빛 메시지에 귀를 기울며
입을 열었다

나무 아래 작은 풀꽃
서둘러 나서는
초록빛 동동걸음 귀염도 재밌다

와글와글 쏟아지는 소리, 소리에
불쑥불쑥 터지는 붉은 꽃망울
두근거린 가슴을 들키고 말았다

박미정
1994년 《한맥문학》 시 등단. 부산문인협회, 한국창작가곡협회 부회장. 부산시인협
회 부이사장. 시집 『제라늄의 분홍미소』 등 8권. 부산문학상 대상 외 다수.

인연

맞바람 타고
창공 높이 날아오른 연
허리가 끊어질 듯한
아픔 속에도
손을 놓지 않는 연줄

필연인가 악연인가
연줄에게 묻는다

감아 때리면 때릴수록
정신 차려
꼿꼿이 서서 도는 팽이
바람 가르며 감아 치는
팽이채

앞 뒤 자르고
악연인가 필연인가
팽이에게 묻는다

박상진

경남 통영(사량도) 출생. 2010년 《부산시인》 신인상 당선. 부산문인협회, 부산시인협회,
사하문인협회 회원. 시집 『다 쓴 공책』, 『사량도 아리랑』

지나간 것들의 발끝은 들려있다

지나간 것들의 발끝은 들려있다.
찢어진 과자봉지의 헛배는 바람의 사생아
놀이터 헛물켜고 다시 뱉어놓은 미끄럼의 혓바닥 아래엔
모래가 가득하다
벗겨진 시간들은 다 추스르지 못하고
시소의 한쪽 무게로 내려다 놓고만 있다
저녁놀 붉은 인주들의 입 오므림이 헤프다
누군가를 위해 찍고 있는 하루의 일수
도무지 갚을 수 없는 숫자들의 놀이에
엉켜있는 것들 봉하지 못하고
다시 흘려놓고 마는 놀이터에서
그냥 깔깔 웃어 보아야 한다는 것
철봉을 거꾸로 매달아 쏟아놓은 발가락
그 사이 사이로 걸어놓은 발자국이 다 털릴 때까지
그렇게 매달려만 있어야 한다

박석순
부산 출생. 2011년 《한국미소문학》으로 등단. 경남 거제에서 교사로 재직.

이팝나무

할머니 홀로 사시는 그 집 마당

소쩍소쩍 배고픈 소리에
이팝나무 고봉밥
덜어주고 있다

하얀 밥알
퍼지지 않게 사분사분 덜어주고 있다

식구들이 떠나고 없는
그 초라한 밥상

소쩍새, 긴 주걱으로
밤새 밥알 퍼주고 있다

박세연(본명 박애경)
밀양문인협회 사무차장. 한국문인협회, 경남문인협회 회원. 시집 『다시 곁에서』

문동 폭포

산새 울음 깊어지는 숲 길에
정겹게 손 흔드는 풀 꽃
빛이 되고
노래가 되는
생기로 충만해진
문동폭포 골 바람이여

비밀스런 풍경처럼
밝은 햇살 정겨운데
아름다운 사람 더불어
살아있다는 환희
낮게 엎드린 그리움이
시큰토록
눈물 솟구치네

박순미
부산문인협회 이사. 새부산시인협회, 남구문인협회 부회장.
가톨릭문인협회, 고샅문학 회원. 시집 『하늘을 오르고 싶은 사다리』, 『시간에게』

인생 꽃

어느 바람에 날려 왔나
꽃대 위에 피운 한 송이 꽃

한 종가에 앉아
바람 비 햇살 데리고
고운 이름들로 이룬 일가

바람결에 사랑이 익어
찌푸린 하늘조차 서러웠던가
파란 하늘 아래 너른 꽃밭 이루었더니

검푸른 밤하늘 밤마다 별을 안고
인내를 삼키면서 사람 꽃을 피웠네

아침에 떠오른 태양 이글거리다 산을 넘듯
꽃구름 건너 한 꿈으로 내린다.

아 ~ 긴 세월
예쁜 꽃잎 하나 피워내고
그대 어느 하늘 아래
다시 바람으로 올 씨앗인가

― 사랑하는 박성식 오빠에게

박정애
《한국현대시문학》 시 등단. 사)흥사단 부지부장. 부산을 가꾸는 모임 이사. 사)기회의학
숙 감사. 부산시공무원문인회 부회장.

해를 품은 아미산 전망대에서

두리번거리던 해가 하루를 끌고
집으로 가다 다대포에서 멈춘다
일 막이 끝나자 붉은 몸뚱어리
번지점프로 바다에 뛰어들면
철새 떼 을숙도로 기립 박수를 보낸다
푸른 맨발로 파도를 젓고 있던 도요등은
해가 빠진 구멍 난 산을 끌고 와 깁고 있다
너를 품은 나는 우화등선羽化登仙처럼
여기, 온몸에 날개가 돋는다

박혜숙
시, 수필 등단. 시낭송가. 새부산시인협회 부회장 및 사무국장. 한국문협문학지육성
교류위원, 부산문인협회 시분과위원장, 국제펜부산 부회장, 한국동서문학 편집위원,
부산시인상 외 다수.

통근열차

그녀, 속된 말로 퍼지게

앉아 기운다

부석부석한 얼굴에 달겨 붙은 고요

여자의 초점 없는 눈을 외면한

창 밖 도시는 빛과 어둠의 골목들을 쉼 없이 보여준다

덜커덩 덜커덩

기차는 정기적인 우울한 음악을 연주하며

지상의 모든 풍경들을 가로 지르고

그녀는 더욱 기우기만 한다

무릎 위에 단정히 놓인 두 손의 평화가

툭 불거진 광대뼈와 주름 들기 시작한 눈자위에 묻혀 불

안하다

기차는 정거장마다 한 꾸러미의 사람들을 토사물처럼 게

워내고

노오란 달덩이들이 점점이 세워진 플랫폼을

패잔병처럼 흐느적흐느적 빠져나간다

驛舍는 마치 왕성한 식욕의 동물처럼 사람들을 빨아들이

고

기차는 플랫폼을 벗어나 다시 또 자신만의 사랑을 한다

빛과 어둠의 저 끝에 여자의 집이 보인다
아이들은 마당의 지푸라기처럼 흩어져 잠이 들고
한 떼의 바람이 여자의 집 구석구석을 핥고 지나간다
정차역에서 잠깐, 눈을 떴을 뿐
그녀는 아직도 불안한 평화에 묻혀있다

배재경
경북 경주 출생. 1994년 《문학지평》으로 작품활동.
시집 그는 『그 방에서 천년을 살았다』 외. 도서출판 '작가마을' 대표

마음이 둘이다

동지섣달 칼바람은
회천 뚝 버드나무가지 흔드는 기세
눈바람과 한패 되어
당한 서러움,
아랫목 이불 속에 발 묻고
다짐하면서
칠팔월 한여름을 그리워했다

오늘 너는 인정머리라고는 찾을 수 없다
바람마저 쫓아버리고
따가운 햇살,
그늘 찾아 우왕좌왕 하는데
호박넝쿨과 고구마줄기도 초죽음 되어
살려 달라하는데
옆에서 들깨가 눈치만 본다
감나무 그늘에 앉아
동지섣달 매운바람 또 그리워진다

백성일
《심상》으로 등단. 시정회 회장. 작가와 문학상, 백두산 문학상 등 수상.
시집 「멈추고 싶은 시간」 외 동인지.

깨달음의 순간은

새떼 날아간 하늘의

빈자리는 고요하다

흔적을 지우며 떠나간

그것은 닿지 못할 인연이다

홀로 세상에 나와

오랜 여행 끝에

무릎 꿇고 올리는 기도

새벽처럼 깊고 넓은 말씀의 축복

깨달음은 눈물 같다

부활하는 영혼은 침묵하고

허공을 뒤집는 새들의 편대비행

그늘을 스치며 떨어지는

나뭇잎 하나

해탈解脫이다

변종환
부산문인협회, 부산시인협회 회장 역임. 부산진구문화예술인협의회 회장, 한국현대
시인협회 이사, 한국현대문학작가연대 부이사장.
시집 「풀잎의 고요」 등 6권. 산문집 「餘滴」 등 3권.

손

누구도
잡아주지 않는 손
하늘에 떠있네
세월 속 손은 점점
거칠어가고
오실 그이는 오질 않네
거친 손을 잡아 줄
따뜻한 손
세상 끝날에
다시 잡을 그 손이
그립다
아무도 알 수 없는
기다림의 세월
오늘도 나는
거친 손바닥으로
시간의 얼굴을
다듬는다.

서상환
철학, 예술신학박사. 1996년 시집 「영설과 촛불」로 작품 활동.
부산문인협회, 한국미협서양화분과, 씨올회 회원.
봉생문화상, 송혜수미술상, 부산시문화상 수상. 시화집 《점》 외 18권

시, 글쎄요?

거제 문동폭포 가는 길에서 만나는
나무며 풀이며 바위
심지어 사설 많은 시냇물
언제나 호통만 치는 폭포까지도
잘생겼던 못생겼던 모두가 다
시 몇 편씩은 줄줄 외울 줄 알아
그 앞에서는 시 이야기 꺼내지도 못한다

"너희들은 시가 뭔지 알기는 하냐?
제발 시 공부 좀 해라. 이 무식한 것들아!"

할까봐 주눅 들어 읽는 척 하지만
한 줄만 읽어도 가슴은 왜 그리
찡하고 따뜻해지는지
왜 그리 자꾸만 눈물이 나는지
시가 참 좋긴 좋은가보다

선 용
동심시집과 동요집, 가곡집, 여러 권의 번역집이 있음.

늦여름 접시꽃

날마다

담장 너머로 커 가는 그리움

소담스런 식탁에서 읽었습니다

접시 가득

바람과 햇빛이 담겼습니다

접시꽃은

해마다 오는 늦여름 성찬盛饌입니다

성덕희
경남 진주출생. 2007년 〈울산문학〉 신인상, 2010년 〈문학공간〉 신인상 등단. 울산시인
협회 부회장, 부산시인협회, 부산가톨릭문인협회, 울산문인협회 회원. 갈꽃 동인.
부산가톨릭문예 공모 우수상, 울산시문학 작품상 수상. 시집 『그 푸른 기별로』

봄의 연인들

사월이 오면 벚꽃 드레스 갈아입고
유채꽃 노란 화관을 쓴 대저 둑방길
젊은 연인들 고운 눈빛 마주하며 걸어가네

바다를 그리며 낭창낭창 흘러가는 낙동강
싱그러운 몸짓으로 만물을 깨우는 꽃바람
새들의 날갯짓에도 설렘의 운율 감지되는
사랑의 귓볼 볼그레 물드는 환희의 둑길

계절의 축복 받으며 살랑살랑 걷는 봄의 연인들

손순이
시인. 동화작가. 시가람낭송문학회 회장. 강서문인협회 회장. 「길 위에서」 외 14권

보물

가끔씩 꺼내본다 내 마음 속 푸른 기억
봄밤의 보문 호반, 유채 환한 낙동강 길
때로는 혼자서 찾던
동네 뒷산 작은 절

설레임에 가슴뛰던먼 나라도 떠오른다
처음 디딘 낯선 땅에서 잎새처럼 팔랑였지
청보리 그 젊은 날도
기억들을 보탠다

한세상 걷는 동안 아픔도 더께가 앉아
긁어내도 다시 젖던 속눈썹 눈물자국
울음도 뼈가 삭아서
이제는 보물이다

손영자
경남 거제 출생. 한국문인협회, 부산문인협회, 부산시조시협회 회원.
시조집 「꽃 진 자리」 외. 시집 「벽에 걸어둔 시간」 외.

손
은
교

내 사랑 우수憂愁의 마적馬賊

달빛 꿰어 엮은
소담한 향연이다

길손이 뜸할지라도
혼자서
신명 들린 헛 사랑을
부르고 또 부르며

밤마다
갤러리를 여는 바다가 철썩이면
잦아든 술잔에 잠긴 소리는
제각기 살아가는 춤을 추어대고

그 사람은
그 사람은
노래를 가슴자락에 늘어 말린다.

손은교
《해동문학》 등단. 한국문인협회 문인복지위원, 부산문인협회 월간 '문학도시' 편집
위원, 한국국보문학 부회장, 부산해동문학 회장.
시집 『25時의노래』 『바람愛피다』 외.

능소화

꽃향기 흐드러진
초여름 밤
애틋이 담은 사랑은

영혼에 새겨진
주홍빛
연가戀歌인가

만남을 염원하며
손 모은
기도 세월

백년이면 어떠하고
천년이면 어떠하리

님이여
오소서
살아 돌아 오소서

손해영
시낭송가. 《한맥문학》 시, 《영호남 문학》 수필 등단. 부산문인협회, 새부산시인협협 회원.
영호남문인협회, 알바트로스시낭송문학회 이사. 천성문인협회, 동백낭송회 부회장. 제18
회 독도문화예술제 전국대회 시낭송 최우수상. 시집「저 혼자 붉어도 아무 말 없는데」

회귀

나 이제 산내면의 풍경 속으로 떠난다

귓바퀴에는 그대 음성을 달고

눈자위에는 그대 모습을 담고

스쳐가는 차창 밖의 희미한 추억

하늘에 흩날리는 순백의 구름

짙푸른 하늘 속으로 날아라 훨훨

산과 산의 등성이로 달려가 훨훨

말없이 기대어서 훑어보는 구름 인생

남편도 버리고 아내도 버리고

자식도 버리고 나도 버리고

아 이 넓은 대지 위에

가진 것을 하나 씩 버리리라

언젠가는 텅 빈 들판 위에서

하염없이 바람 따라 나부낄 육신

여울진 단풍의 품속으로 날아와

흘러간 첫사랑의 매듭을 엮으면서

창백한 가슴을 오색으로 물들이며

낙엽 진 계곡 속에 잦아들리라.

송다인

1997년 《펜문학》(국제펜클럽한국본부) 등단. 한국문인협회, 부산문인협회, 새부산
시인협회, 새한국문학회, 천성문학 이사. 노천명문학상, 독도예술제 시 부문 특선.
수필집 『하늘은 나에게』, 시집 『영도다리』 외 17권.

제4부

●

잉크 빛 신음소리

오륙도 女子

나는 그녀를 안다고 말할 수 없다
그녀를 본 일은 있지만
그녀의 맑은 몸을 본 일이 없다
그녀는 늘 숫처녀처럼 가슴을 가린다.

여섯 개의 나뭇잎으로 이마를 가린다.

내가 파도를 세게 잡아당길수록
그녀의 깊은 몸은 바다가 된다.

그녀의 가슴을 지나
다섯 개의 발가락에 이르도록
밤까지 걸어가면
그녀의 잉크빛 신음소리만
내 눈가에 파랗게 젖어 있을 뿐.

송유미
2002년 경향신문 신춘문예 당선. 시집 『검은 옥수수밭의 동화』 외.

강을 건너는 사람들
– 초상집에서

산(生)자는 사진 앞에서 울고

산(前)자는 사진 속에서 웃고

우는 것 하고 웃는 것 하곤 눈물 빼고 똑같다

이번 달, 산(前)자들의 노잣돈 봉투만 셋

그저께 삼베 입은 경수 아버지는 국화꽃을 싫어했는데

오늘 꽃신 신은 이차장 할매는 십자가를 싫어했는데,

산(生)자의 횡포다

빈소는 속을 비우고 변소는 배를 비우고

병자는 병을 비우고 떠났다

여기서 눈을 감아야 저기서 눈을 뜰 수 있다

신성열
1996년 《문예한국》 신인상 등단. 국제펜한국본부 회원. 김민부문학제운영위원. 부산문
학동인회 회장. 시집 『흐린 날에는』

약 타러 갈 때

내 심장은 한 달

혹은 두 달씩

약으로 보장 된다

팔딱거리는 시지프스의 신화

언젠가는 바람 빠질 풍선

잠 잘 때,

잠들지 못하는 뜨거운 덩어리

구차한 생명줄 움켜쥔 채

검은 늪 고무 거품

제 한계에 버거운 팽창과 수축 사이에서

딸꾹질하는

나의 일상

예고 없을 '멈춤'에 뒷덜미 잡힌 채

잡초 마냥 끈질기게

오늘도 약 타먹고

내 목숨 한 달

때로는 두 달씩 연장된다.

신옥진
1947년 부산출생. 《심상》 신인상 등단. 시집 『잠깐비움』, 『혹시 시인이십니까』.
산문집 『진짜 같은 가짜 가짜 같은 진짜』, 부산공간화랑 대표.

두, 세 송이의 춘란꽃

춘란은 한 꽃대에
한 송이 꽃을 피우는 것이
아주 정상입니다

두 송이 세 송이를 피우는
이따금 비정상을 선택한
꽃대는 왜 그럴까요?

그렇게라도 해서
이 험준한 깊은 산 중으로
그대가 찾아와 바라보기를
간절히 기도하는 것인가 봅니다

1cm라도 더 탑을 쌓아서

심현보
2005년도 《정신과 표현》로 등단. 진천성모병원 약제부장 약사.
현재 난초시인으로 활동 중.

인생

산을 오른다

앞서거니 뒤서거니

아침을 깨우는 바람과 함께 오른 능선

어깨를 나누고 선 나목의 눈빛

무릎까지 차오르는 아픔

그도 감싸 안고

굽어진 능선을 돌아 무딘 날을 세워본다

어디

세상사는 일이 쉽지 않았지만

쥐도 새도 모르게

서로 아껴주며 살다보면

벌 나비 돌아와 앉을 것이고

꽃 피는 봄도 그렇게 멀지 않으리

가끔은 섭섭해지는 일도 있으니

향이 깊은 사람으로 각인 된지 오래

그게 바로 세상사는 멋 아닌가

안상균(호,석정)

계간 《문장21》 시 등단. 오륙도문학 신인상. 부산문인협회 회원. 부산남구문인협회
부회장. 한국현대예절교육원 집행부 이사. 시집 『바람결에 길을 따라』

얼굴이란 섬 안에 내가 산다

상처에 꽃이 피었다

가부좌를 틀고 있는 상처
휘청거리며 가던 길 멈춘다

외로움 불현듯 찾아와
가슴을 훑을 때
앞으로 가는 것만 배웠다

일년 이년 삼년
눈부신 햇살로
숨차게 달려도 결국은 황혼일 뿐이다

삶은
슬픈 것만도
괴로운 것만도 아닌
세월 흘러 뒤돌아보니
한 줄기 햇살 환하게 웃고 서 있다

안순자
월간 《시사문단》 시 등단. 한국시사문단작가협회 회원. 「빈여백」 동인 거제시의회 의원.

봄의 노래

하늘을 바라고, 그냥 하늘을 바라고

눈으로나

입, 코로 냄새를 맡아도

사월의 돌개바람

저지러지게 자지러지게 네 울음으로 울어도

말을 할 수 없고

혼자 끙끙 앓다가

아무도 기다려 주지 않았지만

생각 없이 역사의 뒤안길에서

푸른 산 빛을 끼고 도는 구름으로

엮이지 않으려

불 먹은 하루해의 산불로

풀잎처럼 쓰러져간 무수한 봄꽃

이제 다시금 하늘을 바라고 섰다

봄비와 함께 기꺼이 뿌리내린

잡풀 속에서

용케 자리 잡은 봄의 일상을 노래한다

안태봉
詩를 짓고 듣는 사람들의 모임 회장. 부산사투리보존협회 협회장. 한국독도문학작
가협회 중앙회장. 한국바다문학작가상, 참여문학상 외 다수 수상.
시집 「너를 위하여」 외 14권. 시조집 「낙동강은 살아 있고」 외 2권. 수상집 「더불어
사는 인생」 외 1권.

오월에 내린 함박눈

하늬바람 속에서 손을 흔들며
꽃인 듯 이야기인 듯
출렁이는 몸짓
그 쏟아낸 혈흔을
어루만지고 있는 햇살

유백색의 강한 마력
나의
체온이
눈물이
생각이
이팝나무 둥지로
끝없이 전송되고 있다

생수 같이 출렁이는
향의 안락함은
메마른 영혼에 단비다
영원한 사랑이다.

양윤형
2001년 월간 《한국시》 등단. 부산크리스천문협 부회장. 알바트로스 시낭송회 이사.
부산문인협회, 부산여류시인협회 회원. 시집 「바람이 아름다운 계절」 외 3권

벚꽃의 꽃망울

하동 10리 벚나무 길
입춘 지나자
꽃봉을 달더니
우수는 어떻게 보냈는지
하나 둘 수줍은 듯
꽃을 내었다

봄의 서막을 알리듯
한 세월 어지러이 보낸 나날
다 잊고
청순의 상징으로
얼굴은 은은한 향내음
오가는 사람들에게 들려주었다

보아라 벚꽃의 꽃망울
묵은 겨울옷을 벗어던지고
새 세상 만나려
고통의 밤도 지냈고
한참동안 양지 바른 봄빛을 맞이했다

양정희
계간 《시와수필》 등단. 시를 짓고 듣는 사람들의 모임 여성위원장. 부산사투리보존
협회, 한국독도문학작가협회, 부산향토문화연구회 부회장. 황령문학회 이사. 한국
지역문학인협회 회원. 시집 「다시 세상 밖으로」

바람의 말

봄산 속으로 바람이 간다

진달래 색깔과 벚꽃 색깔을

뒤집고 봄산 속으로 바람이 간다

바위를 올라가다가 미끄러지고

산을 두 손 두 발로 오르다 미끄러지고

바람은 그렇게 미끄러진다

봄산 속으로 햇살이 편안히

좌정하지 못하는 가운데 나도 간다

골짜기에 흐르는 아직 녹지 않은

물소리 사이로 바람이 간다

아직 산은 움직이지 않고 나만 움직인다

나는 움직이지 않고 산만 움직인다

속을 헤집고 바람이 간다

바닷가에 집을 짓고 살고자 했던

시간들 사이로 억척스럽게 바람이 간다

봄 산 속으로 바람이 간다

양하(본명 양태철)
시인, 문학평론가. 계간 《현대시문학》 발행인. 시집으로 『바람의 말』, 『거제, 바람이 머
무는 곳』 등. 번역서로 '이솝우화 영어로 읽어라', '노인과 바다', '리어왕' 등이 있음. 현
대시문학상 외 다수 수상.

장마

비가 온다

오롯이
그대를 찾아 내가 헤매듯

우리 길지 않은 날
사랑했듯이

그대가
나를 버린 날처럼

차마
오래 머물지 않았으면

비가 온다

옥영재
경남 거제 장승포 출생. 《문장 21》 시 신인상. 거제문인협회 회원. 주)오에스에스,
주)제이케이, 對馬高速 PERRY(주) 회장. 사)한국해양환경안전협회. 사)미퍼스트국
민운동 부산본부 회장. 거제수협, 대형선망수협 전무 역임. 낙동강 살리기(경남, 경
북, 부산, 대구) 시민자문위원회 회장.

문동폭포를 찾아

고향이 그립다

삼거리 구천동 갈곳이

말만 듣고 해금강 찾던 시절 있었지

한창시절 이십대 아득한 옛날 하청에서

그때가 생각난다

전광석화로 반세기가 지난 지금

함께 걷고 걷다가 주저앉고

돌에 채인 발을 이끌고

절며절며 내 손 잡아주던 친구여

지금은 어디서 잠자느냐

문동폭포 낙수소리 쏟아 붓는 구슬소리여

탐진 치를 씻어주는 부처님 말씀

만유에 평등하사

자비의 불경은 끝이 없어라

옥치부

거제 출생. 《월간문학》 수필 등단. 한국문인협회 협력위원. 부산문인협회 회원. 부산남
구문인협회 고문. 보건복지부 중앙약사심의위원. 광보당한약방 경영.

배려

자목련 두어 송이 가지 끝에 달려있어

서쪽으로 가다말고 멈칫멈칫 걷는 햇살

한 템포
늦게 가는 길
활짝 핀 감탄사다

우아지
경남 함양 출생. 1993년 《현대시조》 등단. 부산시조시인협회 편집 주간.
시조집 『히포크라테스 선서』, 『꿈꾸는 유목민』, 『엄낭거미』, 『손님별』, 『옥상 달빛 극
장』, 현대시조 100인 시선집 『점바치 골목』, 부산시조작품상. 부산문학대상 수상 외.

섬

산봉우리처럼 볼록 솟은
여러 개 섬이 군락을 이루고 있다

지나가는 주민 눈에는
외지 사람의 발길이 반갑기만 한지
입가에 미소가 흐른다

맑고 깨끗한 거리
길섶에 자라는 잡초들이
옹기종기 모여 길을 밝힌다

왜 이리 육지와 떨어져 버렸을까
형제들의 싸움으로 아버지가 떼어놓았나

청록빛 물 위로
밀려오는 파도 소리에 몸을 맡긴 채
고요히 사색에 잠긴 섬들이
길손을 부르고 있다

유진숙(瑈祐)
경북 영양출생. 2013년 계간 《청옥문학》 시, 2014년 수필 등단. 한국문인협회 회원, 부
산문인협회 이사, 천성문인협회 회장 역임. 시집 『내 가슴에 머문 그대』, 『강아지풀』

사랑의 여정

잠들지 못하는 밤이면
모래바람은 눈 섶 위에서 무겁게 누르고
나는 긴 밤의 사막을 여행 하는 낙타가 되었습니다

방금 다리미를 거쳐 나온 바지의 주름 같은
사랑도 비 오면 종이 인형처럼 오래가지 못하는 것

밤하늘 반딧불은 제 몸을 불에 살라 등신불이 될듯해도
하룻밤을 넘기지 못하고
별이 주는 길을 따라 떠나고 맙니다

사랑에 때 묻은 가슴을
꽃처럼 가꿀 여유가 없을 즈음
어느 황토방에 밤새도록 군불을 피워놓고
청춘을 찾은 뱀은
천국으로 가는 기차에 실어 보냅니다

그때
낙타는 울었고
꽃은 손 흔들어 주었습니다
그리고 그긴 밤의 여정을
아이가 흔들어 깨웁니다

윤동원
눌산 문예교실 수료. 전)KBS방송인. 해금강악단장.

봄

겨우내 골방에 앉아
옷 벗기기 고스톱을 쳤지

내 옷을 벗겼으니
네가 이긴 것이 맞다

윤석원
거제 연초출생. 2015년 월간 《모던포엠》 시부문 최우수 신인상 등단.

술에 대한 변명

술을 마신다

외로워지고 싶어 술을 마신다

할 말이 너무 많아서 술을 마신다

출렁이는 가슴을 잠재우기 위하여 술을 마신다

바람찬 도시가 싫어서 술을 마신다

오늘은 바람이 불어서 술을 마신다

마시고 취하면 당신을 잊을 수 있어서 술을 마신다

술을 마신다

윤일광
1982년 문단에 등단하여, 지금은 「눌산 문예창작교실」을 통해 문단의 후배들을 길러내고 있다.

회오리바람

할아버지 집 앞
어린아이 머리 쓸어 올리던 바람은
그의 일상처럼 일었다

눈먼 북풍이
남쪽 산에 부닥친 아픔에
고요한 저수지의 물결을 깨우며
하루에도 몇 번씩 멀미하던 바람

눈물어린 눈망울을 현혹하여
희망 쫓아 따르던 바람에 무릎 꿇고
그리움 뚝뚝 흘렸던 그 자리

어린 마음에
푸릇한 멍울 안겼던 그 곳엔
아직도 헝클어져 헤매던 바람
돌고 있으리

윤효경
거제 신현 출생. 눌산 문학교실 수료. 《문장21》 등단.
한올지기 문학회, 거제문인협회 회원.

휴면의 자유

뭍으로 들락날락
쥐치만 아는 뱃사람들 사생활
대부분 어종은 금어기에 어획을 금한다
알을 밴 꽃게는 체장 미달도
수산관리법에 의거 처벌
풍요로운 미래를 위해서다

금어기 약 2개월
행복 가물지 않게, 돈주머니 어구 손질
청춘을 함께한 바다 사나이 특별 휴가다
성수기 대비 더 나은 내일을 위해
조업 가능한 해역을 찾아서
뜰채나 낚싯줄로 감성돔 우럭만 공격
세상사 헛헛한 심사 쓸어내릴 때
유유자적 좋은데이 자 지화자.

이도연
경남 함안 가야 출생. 부산진구 문학작품상 우수상. 한국문인협회 문학치유위원.

말하지 않기

저수지 걷는다고
발소리 내어
아침 고요보다 더 깊은
이름 모를 새떼의 쉼을 방해 하지 않기

밭고랑 내(川)고랑
휘젓고 다니느라
땅콩 거둔 가난한 땅 뒤지고 뒤져
맛있는 오찬 중인 새 놀래키지 않기

해 기우는
배밭 사이
암캐 한 마리
줄줄이 수캐 거느리고 흘레하는 것
위 아랫마을 개짓는 소리
그래도 정말
개판이라고 말하지 않기

이두예
시집 〈늪〉으로 작품 활동.
시집 『외면하는 여자와 눈을 맞추다』, 『언젠가 목요일』, 『스틸 컷』이 있다.

마음

성당의 종소리처럼
맑으면

산사의 풍경소리처럼
그윽하면

새벽이 어두워서
설령 하루 종일 어두워도

빙긋이 웃음으로
하루를 여밀 수 있게

기도의 그릇입니다
날마다 그렇게 되기를

닦는
마음이면 좋겠습니다

이말례
부산문인협회 이사. 남구문인협회 부회장. 부산시인협회, 가톨릭문인협회, 한국사진작가협회 부산지부 회원. 시집 「그렇게 살아도」, 「삶의 길목에서」. 사진시집 「자연의 삶」, 「계절의 길목에서」

겨울의 언어

새는 말한다

순백純白의 잔 위에서

수천마리의 언어로

눈 비비는 생명의 숨소리

아픔이 진할수록 종소리의 무게로

활활 여과되는 빛의 물결

황금무늬 새하얀 햇살을 가르며

조용히 다가서는 을숙도乙叔島

겨울 미명未明 속 잔잔한 아우성

은빛 목소리도 한 떨기 꽃이 되어

내안內岸 깊이 불을 사르나니

질긴 목숨의 끈을 베고

누운 자국마다 따스한 숨결로 익는

일몰 속 영롱한 언어

이문결

1977년 《시와 의식》 신인상. 시문학 동인. 木馬 회장. 동의대 명예교수.
시집 『풀꽃심상』 등 7권 시론서 『한국 현대시 해석론 등 3권. 개천예술인상. 부산문화
상. 최치원문학상 대상 수상.

이
복
심

하얀 꽃등

사월의 거리는
달빛 없는 밤에도
하얀 꽃등이 불을 밝힌다

겨우내 움츠렸던
마음의 문 열고
화려한 터널 속을 신나게 달린다

모두의 가슴 속에
내리는 꽃비
하얀 기쁨이 온 몸을 적신다

빛 한 줄기 없어도
어둠을 밝히는
꽃등이고 싶다

이복심
《문예시대》등단. 시낭송가. 부산문인협회, 새부산시인협회 회원. 수영구문인협회
이사. 시집 「그리움을 품은 바다」 외.

제5부

●

시나브로 수채화가 내 걸리고

아버지의 오솔길

어머니는 외가에 가고

아버지와 맞은 근심어린 등굣길 아침

어린 딸의 헝클어진 머리를

하나로 질끈 묶을 때 아파서 흘렸던 눈물

딸의 부끄러움 아랑곳 하지 않고

속옷부터 차근차근 입혀주던 아버지

크고 두툼한 손에 들려진 밥상엔

한 사발 수북하게 아버지의 마음이 올라와 있었다

그 투박한 아버지의 손을 밀어내며

사립문을 박차고 신작로로 달려가니

어느새 낡은 짐자전거를 황급히 끌고 와서

나를 번쩍 들어 올려 앉히고

내 딸, 꽉 잡아라. 꼭 잡아라 말하시던

아버지의 그 목소리가 들판을 울리며

초등학교에 가던 고향 오솔길이 지금도 그립다.

이분엽
충남 홍성 출생. 2013년 계간 《스토리문학》으로 등단. 현재 시낭송교육자. 새부산
시인협회 회원. 부산알바트로스 시낭송문학회 사무국장. 울산 詩울림시낭송문학협
회 회장. 부산시단 작품상 수상. 2018년 대한민국시낭송가대상 수상.

해안도로

이러 저리 산 나무

이 쪽 저 쪽 오리나무

도토리 알 일까

돌아서 왔다 갔다

꼬불꼬불

올라갔다 내려가는

롤라 스케이트 다시 제자리

돌아 돌아

거제도 가는 길

이산야
2018년 계간 《연인》 겨울호 등단. SPA창작연구소 회원.

공곶이에서

추사집 울 밑에 심어 즐긴 꽃이
하늘 엿보이는 여기 황토밭에서 본다

비탈길 좌우로 풍천에 금 비단인 양
하늘하늘 노랗게 수선화 춤추면
산다화 울 너머
금빛 궁근 바다도
한 땀 한 땀 노란실로
시간을 풀어내어 봄을 잣는다

행복 전도사 강명석 지상악 노부부 노고에
예구마을도 몽돌해변도 마주보는 내도도
상춘객 끌어안고 발길 붙든다
이렇게 봄은 노랗게 익는다

이석래
시, 시조 등단. 새부산시인협회, 사하문인협회 회장 역임. 한국동서문학 발행인.
부산문협 총무이사. 한국문학신문 부산본부장.
문학도시작가상, 「부산시단」 18호 작가상.

봄비

봄꽃들이 피기 시작했어요
숲은 지키던 나무와 나무들의 긴 휘파람소리
오래된 집과 집들이 쌓인 먼지들을 털어내고 있어요
시장 통에서도 마을 어귀에서도
두텁게 도려내는 문풍지 소리
희고 노란 치마 짧은 여인들의
잦은 딸국질 소리 들려오고 있어요

어머니가 즐겨 입던 자줏빛 유똥 주름치마
빗소리도 아니고 화개장터도 아닌데
왜 이리 어깨춤이 들썩이는지 모르겠어요

저 건너 강나루에는 시나브로 수채화가 내걸리고
작은 잎새들이 팔랑거리며 종일 그늘을 물어다 나르는
기억 속 그 집이
왜 오늘은 이토록 그리운지
정말이지 왜 그런지
모르겠어요

이성의
2007년 《예술세계》 신인상. 2017년 《시조미학》 신인상 등단.
시집 『하늘을 만드는 여자』, 『저물지 않는 탑』.

새벽을 귀 맞추다

밀폐된 공간에서 자란 포자에서
흰 꽃이 핀다
삶의 역한 냄새가 지불되는 목젖
자정에서 새벽이 오는 시점에서
일요일에서 월요일이 되는
멀지 않는 시점에서 어둠은
뭉텅 자랐고 뭉텅뭉텅 잘려 나갔다
기억은 어둠을 베끼기 위해서
거품을 풀어 물의 비늘들을 지운다
길 끝에서 맨발로 사방팔방으로
허리 굽혀 닦아내는 어둠은
경계를 허무는 묵묵한 시간으로 이어진다
까칠한 맨발인 새벽,

새벽을 반듯하게 귀 맞춘 길이 환하다

이소정
2008년 《실상문학》 등단. 시집 「마른 꽃」, 「칼칼하다」, 「고요는 어둠속에 자란다」

낙화

진홍빛 자동차 안에서 한 여자가 울고 있다
짙은 화장이 수채화처럼 번져간다
조각난 살 그림자가 캄캄하게 젖은 마스카라 위로 떨어
진다

그녀에게서 무너져 내린 슬픔이 내 손 끝에 향수처럼 배
인다

길이 되지 못한 바람이 나뭇잎을 툭툭 치며 걷고 있다

모로 누운 기억 속 생인손 앓던 사랑도 지고
나는 낯선 길에 지어진 집으로 간다.

와이퍼로 눈물을 닦은 그녀가 시동을 건다.

멀리 유기견 한 마리 달려와 떨어진 눈물을 핥아 먹는다

이예림
경남 하동출생. 2008년 《시선》 등단. 부산문인협회, 부산시인협회, 남구문인협회, 시선
작가회 회원. 현 유치원장으로 재직 중

야래향 꽃

야래 향은 얼마나 수줍어
햇빛을 털어내고
칠흑 같은 밤에
매혹적인 얼굴을 드러내는가

너의 향기는 밤을 갈아 업고
달을 보는 여염집 기생이
비밀 요정에서 성업 하는가

감격적인 고요한 밤
달콤한 사랑에 푹 빠져
달무리 진다고 애석 하는가

꽃밭에 여인의 야릇한 미소
사랑의 맥박 소리 들리지 않소
교교한 달빛 아래 핀 야래 향
너는 영원한 꽃바람 등불인가

이용문
시 등단. 한국차학회 회장. 동아대 명예교수. 새부산시인협회 회장. 부산시단 발행
인. 시집 『어머님의 물레소리』 외 8권. 저서 『지혜의 샘』 외 4권. 중국장춘장백산 세
계문학상. 청솔문학상 대상.

봄날

이
은
숙

잠은 떠 있고
꿈은 등사기처럼
휘휘 돌아간다

꽃과 나비와
구름과 어머니가 한데 어울려
냇가에서 물장구를 치고 있다
아버지는 꿈에서도 부재중이다

잠 깨니
어린 날처럼 밖은 부옇고
옥상에 올라가
이어지지 않는 꿈을 한 장 한 장 오려서
햇빛에 널어 말린다
파스 붙인 것처럼
가슴이 쌔하니 화하다

이은숙
경북예천출생. 부산문인협회. 부산가톨릭문협 회원. 시집 『북어』

불갑사의 상사화

불갑사 숲속 불났다
아무도 그 불을 끌 수 없는
안으로 만 안으로 만
타오르는 불길
절 하 나 태우고 난 연후에야
갈 길을 휘돌아보는 사랑이여
올해도 또 한 번 불을 지르고 있는 가
불갑사 상사화 붉은 만행의 기도 타오른다

이정숙
1993년 《한국시》 등단. 한국문인협회, 부산문인협회, 가톨릭문인협회, 영호남문인
협회 회원. 강변문학낭송회 이사. 시집 「남도 꽃들 웃다」 외 4권.

그녀의 봄

일흔네 번째 맞는 말례*의 봄,
느릿한 걸음도
카메라만 들면 언제 그랬느냐

셔터소리 피할 수 없는
성모님 뜨락의 매화
살포시 내미는 얼굴이 붉다

날마다 찍는 눈도장에 안달내는 건
꽃이 먼저인가
카메라 초점이 먼저인가

움츠림 없는 그녀에게
저절로 피지 않는 꽃이
피어 봄이다

* 이말례 : 사진작가이며 시인인 그녀에게 추운 겨울을 이겨 낸 봄은 특별하다

이재숙
전북 정읍 출생. 《문학도시》 신인상. 부산문인협회, 부산시인협회, 가톨릭문인협회, 남
구문인협회, 은가람문학회 회원.

128

이
재
유

연꽃

이제 그대를 보러 갑니다
거친 세상을 배우려고
청명한 하늘에 부끄럼 없이
여여히 피어난 당신을
사모하기에 마음에 담으려고 합니다

세상을 아름답게 정화하여
천상의 모습을 보이려고
먼 길을 떠나 한 송이 연꽃으로 피었나요

마음에 엷은 미소만 띄우고서
무언의 그 말은 무엇인가요
당신의 마음이 내 마음 될 때까지
당신을 닮으려고 비우고 또 비워 보렵니다

맑고 밝은 당신의 모습과 하나가 될 때
나도 한 송이 꽃으로 피려합니다
부처님의 세상 그곳에서
연꽃으로 피어나고 싶습니다

이재유
2011년 《문학도시》 등단. 부산문인협회, 부산불교문인협회 회원.

그리운 이에게

그대 눈동자에 담겼던 하늘은
예나 지금이나 그대로일까요
멈춤 없는 시간 속에
보일 듯 말듯
나를 깨우는 이여
추억이 머물던 언덕도
누렁이 꼴 먹이던 골짜기
어디가 어딘지
발 디딘 흔적조차 찾을 수가 없는데
목화 향기 그윽하던 황토밭
참매미 울던 오솔길도 사라져버렸어요
늘 내안에서 손짓하는 이여
되돌아보니 별것도 아닌데
쉼 없이 달려온 걸음
바람 한 점에도 숭숭 뚫리는 가슴
푸석한 그리움만 수북이 쌓였네요

이점숙
한국문인협회 회원. 새부산시인협회, 알바트로스 시낭송문학회 이사. 동아대학교의료
원 수간호사. 간호문학상 수상. 시집 「들꽃처럼」, 「나이팅게일의 노래」.

산성마을

철 따라 옷도 입고
늙는 줄을 모르는 곳

누룩의 매운 향이
앞뒤 산을 물들이면

저녁놀 깔고 앉은 손(客)
그마저도 절인다

임종찬
1966년 부산일보 신춘문예 시조 당선. 시조문학 관련 논문 다수 발표. 시조문학
관련 전공서적 『시조문학의 본질』 등 11권. 《현대시학》 시조 천료. 시조집 7권 발
간. 부산시문화상, 성파시조문학상, 오늘의 시조문학상 등 수상. 부산대 교수로 정
년퇴임.

달빛이 감전되다

생일 축하해요 8월 중에 한번 봤으면 합니다 지하철 출구 스테인리스 은빛 핸드레일 줄서기에 새우 꼬리가 닿았다면 몸서리치며 등이 펴질 불볕더위예요 고맙습니다만 나이를 먹는다는 게 서글프기만 합니다 지하철 감전역 일번 출구까지 올라가야 할 계단이 열다섯 개 남았을 때였습니다 그가 정수리에서 눈썹 경계까지 지문 가장자리 한 가닥도 빠지지 않도록 고루 문질러 머리칼을 흩트려 놓았어요 다알리아가 까만 외투를 벗었을 때였을 겁니다 새집을 막 찾을 때였으니까요 아마 그때였을 겁니다 눈썹 밑으로 서걱서걱 내려오는 지느러미를 알아챈 것은 언젠가는 야외 카페에서 형체 있는 어깨를 나란히 하고 황금 크레마 덮인 커피 한 잔 하고 싶습니다 달빛이 마지막 계단을 발가락에 힘을 주고 내디뎠을 때 웃고 있었습니다

정가을
2018년 《애지》 신인상 등단. 계간 《사이펀》 편집장.

사랑은 길상사에 잠들고

가슴속 그리움을 주체할 길 없어
별빛에 띄운 가야금 소리를 듣고
그녀의 뜰에 첫눈이 천리 먼 길을
소복소복 달려와 소리 없이 흩날린다
잃어버린 푸른 불꽃 사랑을
나귀 등에 태우고 바람과 함께 달려온
한 줄의 시어도 조국의 운명처럼 슬프다
술잔에 가득 찬 보화 같은 사랑과
기다림에 목마른 사슴 같은 시가
바람 종에 매달려 자연 속에 흐른다
재가 되어도 끝내지 못할 바램이
성북동 산기슭 낮은 절간 길상화로 피워
심연의 고요를 꿈꾸고 있다
이루지 못한 보라 빛 사랑을 눈물로 찍어
백석 깊이 눌러 쓰고 나는 그것을
영롱한 불멸이라 읽는다

정길언
2008년 계간 《문학예술》 등단. 새부산시인협회 이사. 알바트로스 시낭송문학협회
부회장.

다시 보는 꽃

꽃도 볼 줄 알고
달도 볼 줄 알고
낙조도 등대도 볼 줄 아는 그대
동네마다 달이 뜨고
산에도 들에도 우리 집 앞에도
해마다 꽃이 피었건만
나는 꽃을 몰랐노라
달은 달이었노라
다시 보는 꽃
다시 보는 달
사랑하는 그대여
그대는 달이고 꽃이다
노란 민들레
손톱보다 작은 보라색 꽃
엎드려 찍은 사진 한 장
설레어 오랫동안 보았노라

정남순
부산여류시인협회 회장. 국제펜클럽한국본부 이사 역임. 한국현대시인협회 중앙위원.

4월 언덕

벗꽃 잎 휘날려 천지에 흩어지니
초라한 자존심
남은 꽃잎에 눕고 싶어라

가식의 옷은 여전히 말다툼을 하고
바람은 꼬리를 물고 달려든다.

빗길에 차이는 미련 또한 재채기를 하며
벗고 버려도 피어나는 광기
푸르게 푸르게 하늘을 보며 외친다.

억겁의 시간이 흘러도
머리를 내밀며 동침하는 소나무의 진액들
지치지도, 미워하지도, 너무 설레지도
그저 묵묵히
고요한 침묵 깨워 하늘에 뿌리보다 짙은 잎을 피우네.

정마린
부산문인협회, 남구문인협회, 부산연극협회, 부산배우협회 회원. 현 부산시립극단
단원.

고맙습니다

손수레에 올라탄 쇳덩이 무게보다
나날이 쌓여가는 피로의 중압감보다
더 무거운 것은 사람과 사람 사이의
알 수 없는 메마른 억눌림이지요

신록을 향해 달리는 나뭇잎의 옹알이가
짙푸르게 펼쳐진 저 바다와 어우러지고
먹먹함으로 켜켜이 쌓였던 지난 겨울 냉랭함은
치자꽃 환함에 봄눈 녹 듯 사라져가니
당신의 근심어린 한 마디는 세상의 빛이었고
당신의 미소 한 조각은 먹구름 속에서 빛나는
찬란한 태양이었소

정상화
거제 출생. 한국문학예술 신인상 등단.
한국문학예술 운영위원, 남산 시낭송회원, 소나무5길 문학회원. 시집 『하늘그림』

열시는 무료하고 15분은 따스한

수염 가닥가닥에 햇살을 매단 고양이
찌그러진 그릇 같은 보도블록을 빛나게 핥는다
나무 그림자를 삼킨
고양이 꼬리에서 골목이 쏟아진다
골목 끝까지 다다른 햇살의
긴 꼬리는 열시 방향이다, 문득
새벽을 데워주던 잃어버린 손수건 한 장,
손수건처럼 접어 둔 그 해 바닷가
이른 계절을 건너 다시 온다
햇살 같은 단풍 드는지, 당신
한 닢 주워 호주머니에 찔러 넣는다
열시는 무료하고 15분은 따스하다
단풍나무를 지나 아득히
명자나무 아래 떨어진 일장춘몽 노랗게 뭉개진다
순식간에 아침이 비워진다

정선우
2015년 《시와사람》 등단. 시집 『모두의 모과들』

모난 돌

남들이 내게 던진

돌 같은 말들로 마음의 바닥을 다지고

그 위에 삶의 집을 짓는다.

마음에 아름답게 빤짝거리는 몽돌도 있지만

모서리가 날카로워 상처를 내는 모난 돌도 있다.

하지만 칭찬이 따뜻한 몽돌과 몽돌 사이를

알차게 메꾸는 것은 매서운 채찍의 모난 돌이다.

시련이 삶의 뿌리를 깊게 하듯이

모난 돌이 쐐기처럼 마음의 바닥을 단단하게 한다.

정순영

경남 하동출생. 1974년 시전문지 《풀과 별》 추천완료. 동명대학교 총장. 세종대학교 석
좌교수. 34대 국제pen한국본부 부이사장 역임. 현)경기시인협회 부이사장.
〈흙과 바람〉〈4인시〉 동인. 봉생문화상. 부산문학상. 부산펜문학상 대상. 세계금관왕관
상 등 다수 수상. 시집 「시는 꽃인가」, 「꽃이고 싶은 단장」, 「조선 징소리」 외 여러 권.

마사야 화산

지금도 삭이지 못한
화가 있나

내뿜는 거친 숨결

순결한 처녀의
인신공양으로도 다스리지 못한
철천의 분노 있나

불의 여신이여

내 속에 숨겨둔
검붉은 마그마
던져놓고 가라고
태우고 가라고

뜨거운 입김으로
내 귓전에서 핫핫대네

정신자
《새시대문학》으로 등단. 석포여중 교장, 경성대학교 외래 교수 역임. 부산문인협회,
부산시인협회, 부산여성문인협회, 부산여류시인협회 회원. 저서 『갠지스에선 마무
도 울어선 안 된다』, 『그냥 가자』

발소리

한 발짝 한 발짝
내 담벽으로 오는
발소리 내는 사람

짐승같이 길든 쓸쓸함 지고
먼 길 메마른 길 섰다가

한 발짝 한 발짝
내게로 오는
발소리 내는 사람

자꾸만 자꾸만
그 담벽 닿아보고 싶어
손 내밀고

한 발짝 한 발짝
발자욱 떼는 사람

정여림

경남 의령 출생. 《문장21》 신인상 수상. 한국문인협회 거제지부 간사. 한올지기 문학동
인. 눌산 문예창작교실 수료.

人生

그렁저렁 가면 되리

어둠을 꺼릴 것도

햇살을 마다할 것도 없어라

말없이 피고 지는 산천초목들처럼

흘러가는 시냇물 자갈돌처럼

어우러져 구르며 살아가리니

정옥금
1996년 《한맥문학》 등단. 부산문학상 본상 수상 외 다수. 시집 『부활초를 보다』 외 9권. 시선집 『깊고 뜨거운 시의 길목』

제6부

당신은 사랑입니다

정
웅
규

섬

밤이 오면 출항 하리라
어선이 드나드는 섬을
그대는 떠나리라

해 저문 방파제에 바람이 분다
다가온
달빛은 목말라
철썩철썩 설피 보챈다

떠나면 그만인 줄 알았건만
그때 사랑이 온 것을
몰랐네.

정웅규
1990년 《시와비평》으로 등단. 부산시인협회 회원.
시집 『우리는 야외촬영을 즐긴다』

당신은 사랑입니다

이팝나무
망울 터지면 가슴이 뛰고
이른 새벽
가족 위해 밥을 짓고
면도한 남편을 보고 미소 짓는
주위가 불편해 질까 살펴 볼 줄 아는 당신
당신은 사랑입니다.

새벽 이슬에
계절을 알고
머리 감고 빗질하는
아내의 흰 머리카락에 연민을 느끼며
옆집 키 작은 아이의 무거운 가방을 들 줄 알고
가족을 위해
구인 광고지를 돋보기안경 너머로 살펴보는 구부정한 어
깨를 가진 당신
당신은 사랑입니다.

정재순

2002년 《문학예술》 등단. 부산문인협회. 부산시인협회 이사. 한국문인협회, 부산여류
문인협회, 부산여류시인협회 회원.

먹물

다 삼켜 버리고 홀로

먹장이 되었다

하늘과 땅을 구겨 수셔넣고

낱낱이 까발려진 부끄러움을

강물에 흘려버렸다

산산이 부서져

바다의 알갱이가 되어도

파도의 그림자조차 되지 않았다

하얀 이팝나무의 손길이

괭이 갈매기를 부르지만

갈라진 바람을 타고 어디론가 가버린

미미한 존재는 밤하늘에 박힌

검은 별이 되었다

깍지 손을 끼고 작은 구멍으로

하늘과 땅을 바라보지만

날라 간 새의 깃털이 하늘거리며

먹지에 검은 팬으로

세상은 온통 까만 것이라고 적고 있었다.

정효모

2008년 《시의 나라》 등단. 부산가톨릭문인협회 회장. 부산문인협회. 부산시인협회
회원. 시집 「영혼의 불빛 앞에」 외 2권

수선화

거제시 팔경중의 명물인 동곳 동산
자연의 상스러움 내 마음을 휘어잡네
수선화 예쁜 꽃 들이 춤추듯이 흔든다

파도에 쏴아쏴아 그 소리 장단맞춰
봄바람 싱그러움 꽃잎을 간질이고
벌 나비 훨훨 덩달아 아름다움 펼친다

노부부 한평생을 일궈낸 수선화 밭
봄 되면 동백꽃과 쌍벽을 자랑하고
종려목 돌담 울타리 상부상조 참 좋네

동곳의 바닷물도 은빛색 반짝이고
수선화 마주하며 갈매기 손짓하니
낙하져 누운 꽃잎들 찬란한 봄 보낸다.

거제는 잊지 못할 영원한 안식처로
어릴 적 나의 정신을 키워준 고향땅
수선화 사랑 속에 황혼이 아름답네.

조동운

호, 남호(南湖). 《詩와 수필》 시조 등단. 신라대학교 평생교육원 외래교수. 새부산시인
회 회원. 한국독도문학작가협회. 황령문학회. 시사모 자문위원. 부산사투리사전 편찬위
원. 시집 「가을이 오면」

꽃이 진실로 원하는 것

사람들이 꽃을 좋아하는 건
아름다운 자태와 향기 때문이다

그러나 꽃은
자신의 시들어버린 모습도
사랑받고 싶다

조원희
월간 《문학도시》 시, 수필 등단. 시를 듣고 짓는 사람들의 모임 부회장.
부산문학인아카데미협회 편집국장. 시낭송가.

그때 아버지 입장

아버지는 아주 오래전 뜨거운 감자를 쥐듯 하얀 장갑 속
쥐락펴락하지 못했을 거야
실은 저 장갑 안에서 마디마디마디 귀퉁이 다 닳은 털 머
위 꽃 노란털이
슬몃슬몃 잘려나가는 순대처럼 떨고 있을 거야
눈물은 훔치지 않기로 했는데
전문 주례를 생략했다니
자주 손을 잡았더라면 아무 일은 없을 거야

그냥 그의 말을 들어주기로 했어
아버지 말고 신랑 입장

쉿! 생애 한번뿐인 상견례 때 우리 다 같이 어린 신부를
처음 보는 날이니까

조 준
거제 출생. 2017년 계간 《사이편》 신인상으로 등단.

동백꽃 피고 지고

햇빛 찬란한 봄날
동백꽃 툭 떨어진다

벌어진 입속
오가는 사람들 발부리에 누워
노란 목젖 내보이며
무참히 나뒹구는 무언의 의식

전생에 누명 쓰고 참수당한
장수의 원혼이 깃든 꽃
억울함이 목구멍까지 차서
구천의 증인 되어
피었다 떨군다

꽃물 든 먼 하늘
세사를 보듬어서
맺힌 사연들 사르르 녹여낸다

조혁훈
《문장21》 수필등단. 남구문인협 부회장. 문장21동인 회장.
수필집 「색, 자연을 아우르다」

동백

사랑이 완성되려면
절정의 순간에 떠나야한다

차마 놓지 못하는 손길
생각만으로도 가시에 찔리는 심장

시들 꽃으로 오래 머물러
시들어가는 눈빛으로
서로를 바라보느니

단숨에 몸을 던져
영원한 그리움으로
네 발 아래 묻히겠다
아픈 사랑아

조현숙
2017년 《시선》 신인상 등단. 부산문인협회 편집차장. 새부산시인협회 편집차장.
부산여류시인협회 회원. 알바트로스 시낭송문학협회 이사

여름 잔디

낮은 소리 듣고 싶어 잔디를 밟는다
밟힐수록 단단해지는 잔디의 일어서는 힘
웃자란 비애를 안고 상상의 풀끝을 편다

잔디를 밟으면 들리는 소리 소리
잔디처럼 돋아오는 얼굴 얼굴들
사랑도 다 못할네라 눈을 뜨는 그 아픔

낮이면 작은 몸피 햇살 고루 나누고
밤이면 달님 별님 함께 맞이하면서
별처럼 많은 씨앗에 별을 다는 꿈을 단다

주강식
1982년 《시조문학》 천료. 볍씨동인. 부산교육대학교 명예 교수. 성파시조문학상,
부산문학 대상. 시조집 「태산을 넘는 파도」 외

연하장

가을이 떨어져 쌓인 곳에
불태운 그림 꽃
찬바람에 숨 재촉하듯

새 물결은 앞 물결을 쓸어가며
맞이하는 己亥年

여기저기
붓과 먹 화선지에 꿈을 담은
그림자

작은 꽃씨 하나가 정원을 만들어
그칠 줄 모르는 향기로
아름다운 씨앗이
상처 나지 않고 내 마음 빈곳에
사랑받도록

한해를 그려 본다

주명옥
《부산시인》 등단. 거농문화예술원장. 한국미술협회 문인화 초대작가 및 이사. 부산미술
협회 감사. 시집 『붓이 노래하다』

003년 매미는 밤새워 노래했다

일주일 남짓 동안

힘차게 노래하기 위하여

칠년을 땅속에서 꿈을 키웠어

애벌레가 허물을 벗은 날부터

세상을 난타하는 건 신나는 일이었지

나를 위해 화려한 자리 마련해준

느티나무 은행나무 포플러나무야, 고마워

창문을 여민 군상들이 빗장을 열고

귀기울여주길 울음으로 애원했어

대사 전야는 고요한 법이야

쓸개 같은 건 필요하지 않았지

피눈물도 없다고 분노하지마

애시당초 손톱도 발톱도 없었던 나야

상처가 아무려면 네 속부터 보여줘

우리는 자연의 이법理法대로 사는 거야

왜 귀를 기울여야 하는지 한번쯤은

심각하게 생각해 보아야 하거덩

주순보

1988년 월간 《韓國詩》 신인상 등단. 부산남구문인협회 직전회장. 거제문화예술제
추진위원장. 오륙도문학 대상 수상 외 다수. 시집 「꽃씨는 겨울을 생각한다」, 「겨우
살이가 말하다」, 「카페, 에필로그」

매실 익을 무렵

망종 전후 뻐꾸기
뻐꾹 뻐꾹 뻐뻐국
청매 황매 갈 길 재촉한다

돌봄 짬 없어 팽개친 것이
무농약 유기농 토종 약매실
무공해 식품이라 애써 위로하네

올 한해 밑반찬 농사로
청매에 소금 솔솔
식탁에 버무리고 입맛 고쳐본다

우짜든지 황매를 보내라
하이얀 설탕과 접신하여
곰식힌 내 안의 오상청향傲霜淸香*
황금빛 진액을 토한다
일지춘一枝春 역기매화驛寄梅花*

* 오상청향: 무서리 속 꽃 피우고 찬이슬 머금은 맑은 향기
* 역기매화: 멀리 있는 친구에게 그리운 마음을 전한다

진국자(錦園)
2005년 《문학21》 등단. 부산시인협회 이사 역임. 부산문인협회 회원.
부산여대 강사 역임. 한국다도협회 사직지부장.

클레멘타인

내 생각 깊어져 옛날로 돌아온 날

기억의 바다에 비 내리고 바람 분다

젖이 큰 바다, 파도로 출렁거리고

몸때 앓는 백사장 신음소리 단내 난다

바닷가, 비 그치고 바람 멎으면

주춧돌 서너 개 게딱지로 남은 집

흔적만 또렷한 외딴집

내 사랑 클레멘타인

차달숙

경남 창녕출생. 부산시인협회, 부산수필문인협회 부회장 역임. 부산시문인협회,
부산시조시인협회 부회장. 월간 《국보문학》 주간. 한국문학신문 총괄본부장.

석류

노을 숨어들어

발갛게 익은 그리움

발신음은 가는데

어쩌자고 그대,

가슴만 데우는지

어쩌라고 지금,

잊히지 않는 이름 하나

품으라고만 하는지

최수천
경남 남해 출생. 《문예시대》 신인문학상 시 당선. 현 충북 청주 거주.

찔레꽃이 지던 날

머잖아 계절의 끝
온몸으로 꽃이 되고 싶어
더 창백해진 얼굴로 길어 올린
그 많은 빛과 사연들의 해후

파슬리 세이지 로즈마리 백리 향
그 한 다발의 미소와 외롭다는 말
슬프다는 말, 부질없다는 말들의 기억

네 낙화 속에 깃든 꽃빛을 보며
우수와 사월의 춘궁과
현기증과 그리운 이름들과
떠난 사람들의 조우가 궁금한 지금

누이가 업어 키우던 나를 두고
신부가 되어 떠나던 날의
이별하다 허기지다 그립다는 말들과
곡절 많은 그 떼울음의 낙화.

최영구
부산문인협회 회장. 한국문인협회 서정문학연구위원. 한국시문학연구회 대표.
시집 「보리수나무를 키웠다」 외. 부산문학상, 망운문학상, 부산시인상 수상.

목련

동틀 무렵 술렁술렁
골목길이 부산하다

아 글쎄 네가 먼저
아냐 네가 먼저

쉿 조용
누가 오나 봐
에이 봄바람이잖아

옆구리를 툭 치며
햇살이 웃고 섰다

아휴 깜짝이야
간 떨어질 뻔했잖아

슬며시
못 이긴 듯이
속살 열어 보인다.

최철훈
1990년 《월간문학》 등단. 한국해양문학상. 부산문학상 대상. 오륙도 문학상 수상. 시집
『부산 아리랑』 외 다수. 계간 종합문예지 '문장21' 발행인.

찔레꽃 피면

오월五月네
사랑방에
배 깔고 누운 꽃은

명주바람
효자손으로
등만 긁고 있는데

열일곱
언니는
여름이 온다고 하고.

마흔 하나
엄마는
봄이 간다고 하고.

하빈
2004년 《문학세계》 수필 등단. 2011년 《아동문예》 동시 등단. 초등학교 및 지역아
동센터 동시 강사. 동시집 『수업 끝』 『진짜 수업』. 산문집 『꼰대와 스마트폰』.
월간 『좋은만남』 칼럼 'kids시대' 연재.

아침

눈은 감았으나 잠들지 않은
내 영혼의 창을 열고

따스한 바람처럼 다가오는
너는
스러져가는 내 젊은 날의
작은 등불.

불면의 밤을 딛고
창가에 서면
소리 없는 소리가 창을 두드리고
떠난 너는
어느새 내 앞에 서 있다.

헝클어진 마음일랑
일기장 속에 숨겨두고
샘물 같은 용솟음으로
오늘 아침
문득 거울을 본다.

또 하나의 내가
그 속에 있음을
그리고 내가 살아 있음을 본다.

한정미
2015년 《문학도시》 등단. 부산문인협회, 부산남구문인협회, 오륙도 시낭송문학회, 문
학중심작가회 회원.

민들레 꽃

사람들이
밟고 다니는 길에도
시멘트 틈새에도

그 여린 줄기
그 여린 잎으로
언 땅을 뚫고 올라와
아무 일 없다는 듯
환하게 웃으며
피고 있는 민들레 꽃

신기하기도 하고
애처롭게도 보이네

올해도 봄이 왔다고
마치 자랑이라도 하는 것처럼
노란색깔로 빙그레
자태를 부리며 웃고 있네

허남길
2012년 《현대시문학》 등단.
시집 「봄이 오는 소리」, 「꽃나무의 절규」, 「벼꽃」

국화

꼿꼿한 꽃잎
빽빽한 꽃잎
쉽게 꺾일 기품이 아니올시다

진한 향기
깊은 향기
단박 매료시킬 향기는 아니올시다

하늘하늘 여리여리 달달한 오색 향기
눈 홀리는 꽃길 헤매다

꺾어진 골목 개미군단 열 지어 행군하는 담벼락 아래
무심히 피어있는
그 꽃
국화

허원영(해린)
2010년 《시사문단》 시 부문 신인상 수상. 시낭송가. 동랑 · 청마기념회 이사. 대한시조
협회 거제시지부 사무국장. 한국문인협회 거제시지부 회원. 거제시희망재단 희망나눔
교육강사. 거제시보건소 문예치유강사. 거제시가정상담소 전문상담사.

등대

밤이면 쉽게 잠기는 곶(串)
이곳에 이르러
파도는 급격히 허물어지고
비와 구름은
제 문법을 수시로 바꾼다.

내 파수막의 친구는
어둠뿐이며
손바닥 크기의 수신호 하나가
흔들리는 항로를
어둠의 혼란에서 건져 올린다.

어둠속에 고기를 모으듯
빛을 분사하는
조용한 창문이 있고
갈매기가
그 위를 소식처럼 떠다닌다.

그래도, 등대는 늘 어둠을 밝힌다.

황성창
《문예사조》 시. 《수필시대》 수필 등단. 국제펜클럽한국본부 부산지역위원회 감사.
부산수필문학협회 부회장. 연제문인협회 회장. 시집 『가을이 물든 바람』. 수필집 『주
목처럼 천년을』. 수상 문화와 문학타임 작가상. 부산수필문학협회 문학상 수상.

그대가 별이라면

그대가 별이라면

그대가 별이라면
나는
나는
당신에게
당신에게
그대 옆에 누워
저 산언덕
흙이 되어 당신을 기다리며,

저 산언덕 나무가 되어
물 흐르는 강둑에 앉아
당신을 기다리겠어요,

작은 가슴에 숨겨진
별의 무덤을
당신에게
들꽃이 되어 오르겠어요.

황주철(지봉)

국제 pen 클럽, 한국문인협회, 부산문인협회, 경남시인협회 회원. 남강문학 부산지부
사무국장. 새부산시인협회, 부산알바트로스시낭송문학회 이사. 갈렌피겐문예대학 현대
시 교수. 통영시 여시골문학 추진위원회 위원장. 한국문학신문 문학상 외 다수 수상.

달빛에 감전되다
제6회 문동폭포길 거제예술축제 100인 사화집

초판인쇄 | 2019년 7월 10일
초판발행 | 2019년 7월 20일

지 은 이 | 주명옥 외
편집주간 | 배재경
펴 낸 이 | 배재도
펴 낸 곳 | 도서출판 작가마을
등   록 | 2002년 8월 29일제 2002-000012호
주   소 | 부산광역시 중구 대청로 141번길 15-1 대륙빌딩 301호
　　　　　　 T. 051)248-4145, 2598   F. 051)248-0723   E. seepoet@hanmail.net

ISBN 979-11-5606-126-7 03810   정가 15,000원

※ 이 도서의 국립중앙도서관 출판예정도서목록CIP은 서지정보유통지원시스템 홈페이지
　 (http://seoji.nl.go.kr)와 국가자료공동목록시스템(http://www.nl.go.kr/kolisnet)에서
　 이용하실 수 있습니다. (CIP제어번호 : CIP2019025257)

※ 본 사화집은 거제시의 지원금 일부를 지원받았습니다.